Direitos De Autor © 2021 Alborz Azar

Todos os Direitos Reservados. Nenhuma parte desta publicação pode ser reproduzida ou transmitida sob qualquer forma ou por qualquer meio, mecânico ou eletrônico, incluindo fotocópia e gravação, ou por qualquer sistema de armazenamento e recuperação de informações, sem autorização por escrito do autor ou editor (exceto por um revisor, que pode citar breves passagens e/ou mostrar breves clipes de vídeo numa revisão).

Isenção de responsabilidade: O Publicador e o Autor não fazem nenhuma representação ou garantia sobre a exatidão ou a integridade do conteúdo deste trabalho e, especificamente, não cobram todas as garantias para um determinado fim. Nenhuma garantia pode ser criada ou estendida por meio de material promocional ou de vendas. As recomendações e estratégias aqui contidas podem não ser adequadas a todas as situações. Esse trabalho é vendido no entendimento de que o Autor e o Publicador não estão envolvidos na prestação de serviços legais, tecnológicos ou outros profissionais. Se for necessária assistência profissional, devem ser solicitados os serviços de um profissional competente. Nem o Publicador nem o Autor são responsáveis pelos danos daí decorrentes.

O fato de uma organização ou um sítio Web ser referido neste trabalho como uma citação e/ou fonte potencial de informação adicional não significa que o Autor ou o Publicador aprove a informação, a organização ou o sítio Web que pode fornecer, ou recomendações que possa fazer. Além disso, os leitores devem estar cientes de que os sítios Web enumerados neste trabalho podem ter mudado ou desaparecido entre o momento em que este trabalho foi escrito e o momento em que é lido. Isenção de responsabilidade: Os casos e as histórias deste livro mudaram para preservar a privacidade.

ISBN: Paperback 978-1-64873-068-9
ISBN: EBOOK 978-1-64873-069-6

Impresso nos Estados Unidos da América

Publicado por:
Editora de Escritor
Prescott, Az 86301

Design da tampa: Excelência artística criativa

Gerenciamento de projetos e lançamento de livros por Marketing de Excelência Artística Criativa https://lizzymcnett.com

A Série RAHA—Terceiro Livro

alborzazar.net

O RESULTADO DE QUEM O FEZ E EU O FIZ

Por Alborz Azar

Dedicações

O RESULTADO DE QUEM O FEZ E EU O FIZ, É dedicado a Pantea porque ela estava aborrecida comigo. Uma vez aceitando o desafio de ter uma criança de 25 anos, encontrei Krystia, uma garota simpática que me apresentou por Anassia. Tentei muitos outros, incluindo Dr. Manzi, Liya, Rupali, mas nenhum comparado com meu Eshgham. No entanto, depois que começamos a enfrentar os problemas começou a escalar, por causa do horário de trabalho da Krystia, ela estava ocupada com ensaios e shows de dança, como estava sob contrato com Anassia.

Depois de gastar quantias extensas nos problemas dentários de Anassia, extrações além de mim não concordando em pagar as injeções de Botox, ela começou a chamar Krystia de volta para os ensaios, mesmo quando nos reuníamos por apenas duas horas. Pantea, era a única mulher que realmente amava, só queria ela na minha vida e o Rozhan e ninguém mais. Misturei a desculpa de me livrar da Krystia ao mesmo tempo que Pantea regressou à minha vida em agosto de 2018, após cinco meses de separação. Desde que Pantea percebeu que eu não estava totalmente errado. Depois disso,

Rupali apareceu, mas ninguém podia combinar com Pantea. O Dr. Manzi também não era a pessoa certa.

Liya acabou sendo uma vadia fazendo magia negra em Pantea para fazê-la fugir de mim, além de não estar à altura da minha marca. Todos ganharam dinheiro de mim numa reunião única, e depois nunca me comuniquei, exceto Rupali, que não tiraria dinheiro de mim, mas não aceitaria encontrá-la novamente. A magia negra de Liya se transformou em um incidente de vida entre Pantea e eu, que ainda não foi esquecido, como ela ainda pensa que eu fiz. Na verdade, o livro inteiro é devolver minha Pantea, então eu dedico tudo a ela.

Índice

DEDICAÇÕES 3

CAPÍTULO UM: 9

    Nunca Seja Possessiva Para Seu Parceiro 9

CAPÍTULO DOIS: 14

    Eu Perturbei Pantea 14

CAPÍTULO TRÊS: 26

    Separação De Pantea Para O Bem 26

CAPÍTULO QUATRO: 35

    Ela Cortou O Dedo E Eu Perdi O Aniversário Dela Pela Primeira Vez 35

CAPÍTULO CINCO: 40

    Eu Fui Enganado 40

CAPÍTULO SEIS: 46

    A Mágica Negra de Liya me culpou 46

CAPÍTULO SETE: 53

    Krystia, 25 Anos, Entrou Em Minha Vida 53

CAPÍTULO OITO: 59

    Feriados Frustrantes Com Krystia 59

CAPÍTULO NOVE: 66

Pantea Poderia Me Dar Vida E Minha Felicidade De Volta 66

CAPÍTULO DEZ: 75

Pantea Perdida Por Toda A Parte 75

CAPÍTULO ONZE: 84

Meu Julgamento Com Anahita 84

CAPÍTULO DOZE: 90

Meu Plano De Aniversário De 2018 90

CAPÍTULO TREZE: 97

Pantea Era Firme Voltar Ao Seu País 97

CAPÍTULO QUATORZE: 105

Recebi Mensagens Adoráveis De Pantea No Meu Aniversário... 105

CAPÍTULO QUINZE: 115

Eu Me Mudei Avancei Frente Com Krystia 115

CAPÍTULO DEZASSEIS: 127

Outro Doutor Manzi 127

CAPÍTULO DEZASSETE: 140

A Telepatia Começou 140

CAPÍTULO DEZOITO: 150

Os Nossos Caminhos Cruzaram-Se 150

CAPÍTULO DEZANOVE: 156

Pantea Mudou Meu Nome De Maloo De Volta Para Hero 156

CAPÍTULO VINTE: **164**

PANTEA FICOU EMOCIONAL 164

CAPÍTULO VINTE E UM: **176**

FLORES PARA SEMPRE PARA MEU PARA SEMPRE PANTEA 176

CAPÍTULO VINTE E DOIS: **189**

MINHAS REUNIÕES COM PANTEA 189

CAPÍTULO VINTE E TRÊS: **203**

CLARIFICAÇÃO DE O PÊNIS 203

CAPÍTULO VINTE E QUATRO: **209**

OS TAUREANOS SÃO VISCOSO? 209

CAPÍTULO VINTE E CINCO: **219**

PERTURBADA COM SEU COMPORTAMENTO 219

CAPÍTULO VINTE E SEIS: **226**

DELA ÚLTIMAS PALAVRAS ME FEZ ESQUECER TUDO 226

CAPÍTULO VINTE E SETE: **231**

DEPOIS QUE PANTEA VOLTOU KRYSTIA PERDEU SEU CHARME 231

CAPÍTULO VINTE E OITO: **241**

OPINIÃO DE LEITORAS SOBRE MEU AMOR POR PANTEA 241

CAPÍTULO VINTE E NOVE: **250**

SACRIFÍCIO DE PANTEA E NASCIMENTO DA SÉRIE RAHA 250

CAPÍTULO TRINTA: **256**

Alborz Nasceu 256

CAPÍTULO TRINTA E UM: 266

Pantea Era Inacreditável Em Fazer Amor 266

CAPÍTULO TRINTA E DOIS: 274

Papel de Rupali 274

CAPÍTULO TRINTA E TRÊS: 284

Não Se Preocupe Com O Que Seu Parceiro Está Preparando....... 284

BIOGRAFIA DO AUTOR 295

Capítulo Um:

Nunca Seja Possessiva Para Seu Parceiro

No final, EU O FIZ, terminei meu relacionamento com Pantea. DEPOIS DE QUEM FEZ ISSO E EU FIZ, isso é uma repercussão de eventos anteriores. Na progressão da minha história, quero revelar alguns aspectos interessantes sobre os erros que uma pessoa pode cometer quando está apaixonada por alguém. Ocasionalmente, o amor faz com que todos nós façamos coisas estúpidas que fazem pouco sentido, mas nós fazemos assim mesmo.

Nós já tínhamos separado quando enviei a segunda carta sobre o incidente com o Dr. Shesha em março de 2016. Minha grande objeção foi o fato de que eu queria que ela fosse fiel a mim sozinha. Caso contrário, ela poderia ter feito o que quisesse, mas, à vista de que direito eu tinha de fazer tal pedido a Pantea? Alguma vez procurei algum compromisso dela? Por que eu era assim?

Ela era uma garota independente e queria sua liberdade. Foi por isso que ela estava morando na Índia. Pantea nunca quis se casar e perder sua independência. Mas nunca inventei a liberdade dela. Ela ficava em Mumbai, por isso o seu único compromisso foi durante o nosso tempo juntos. um dia, às vezes dois, a cada sete ou dez dias. Apesar de Pantea nunca ter falhado tempo para mim, na minha opinião, ela não deveria ter mais assuntos. No entanto, não concordámos explicitamente com essa decisão, algumas coisas ficam implícitas quando estamos numa relação com alguém que amamos. Mas esse amor é unilateral ou não? Não tenho certeza.

Nos meus olhos, ela estava tendo um caso que forçou minhas emoções a transbordar. A indecisão me fez duvidar da explicação dela, pois acreditava que ela estava escondendo esse caso. Depois do nosso último argumento sobre as mensagens de 16 de março e depois, o $19°$ quando ela confrontou os pensamentos na minha carta, eu tinha certeza de que nossa relação tinha acabado permanentemente. Nosso amor durava mais de seis anos.

A situação terminou quando ela me disse para não entrar em contato com ela e ela estava voltando para o Irã. Ela tinha decidido: Pantea odiava ser uma call-girl e nunca mais voltaria a esse trabalho. Como nossa relação acabou, a única opção que ela tinha era ir para casa.

Expliquei que o meu acordo original ainda se mantinha e continuaria a cuidar dela. Entretanto, desde que seu irmão e sua namorada vieram por cerca de duas semanas, eu trouxe Gold Beluga e uísque para eles. Dei-lhe um pacote de 2000 dólares por um presente para Nauwruz. Ela se recusou a aceitar os presentes, mas eu caminhei com ela no andar de baixo até o carro e insisti para que pegasse os itens. Eu tinha certeza sobre seu caso com Ahmat Misa, mas ela continuou dizendo que ele era apenas um namorado velho e nada estava acontecendo.

"Ele está no seu próprio mundo", ela me disse. "Fomos a Goa para um festival com três meninas e ele tirou fotos de nós e as colocou em exposição."

Na verdade, ela não me esclareceu. porém, Pantea foi o tipo de explicar suas decisões, nem mesmo aos pais. A única coisa que ela disse com certeza foi que me amava à sua maneira, e eu sabia que ela sentia amor por mim no seu coração. Como os leitores podem ver dessa vez, eu fiz algo que não deveria fazer, então o título do livro é "EU O FIZ". Se eu fiz errado ou o tempo certo só dirá como eu ainda não sei. Tivemos lutado em 16 de março de 2018 sobre as mensagens quando eu tinha ferido seus sentimentos e ela perdeu a confiança em mim. A luta final teve lugar no dia 19 de março para terminar todos os seis anos da nossa relação, e nós a separamos por toda a vida. Fiz algo que a fez sofrer muito embora nunca quisesse que ela sofresse. Eu a fiz sofrer fazendo o que eu não deveria ter feito, mas já estava feito e agora não podia ser desfeito. Isso foi esboçado no segundo livro da série Raha "EU O FIZ".

Minha vida mudou drasticamente depois de nossa luta, e esse livro explica minhas realizações. Depois de alguns meses, aprendi que o amor não é o que pensei. Pelo menos, não como Pantea vê amor.

Caros leitores, por favor não sejam possessivos do seu amor e não sejam egoístas do seu amor como eu era, que pode ser visto dos meus dois livros anteriores. Eu mudei depois de aprender tudo isso da maneira mais difícil e depois de sofrer também, e fazê-la chorar e sofrer também.

Estes episódios foram escritos nos meus dois livros anteriores da Série Raha "QUEM O FEZ" e "EU O FIZ" saíram das aspirações do meu Eshgham - meu Pantea. Comecei a escrever em abril de 2018, mas só consegui completar um livro em dois anos. O segundo livro será lançado em breve, enquanto minha editora e editora favorita, Lizzy McNett, está terminando o terceiro livro. Lizzy teve uma paciência infinita comigo ao completar o primeiro livro, e colocou no trabalho árduo publicando "QUEM O FEZ", que tinha sido traduzido por Pro Translate, Universal Translation e Power Publisher em 23 línguas.

Tenho a certeza de que os livros serão um grande sucesso, uma vez que lidam com sentimentos reais, juntamente com o meu sofrimento em despedir-se de entes queridos. Eu diria que nunca lute, nunca perca sua paciência, nunca seja possessivo, nunca seja egoísta, apenas tenha paciência com seu parceiro. Mesmo depois de uma briga, nunca pare de fazer o que costumava fazer por ela, e o sucesso está à sua porta.

Capítulo Dois:

Eu Perturbei Pantea

Pantea e eu trocamos várias mensagens a partir daí em 17 de março, 18 de março. Ela estava enviando mensagens sobre ficar chateada comigo por quebrar sua confiança. Fiquei preso em como lidar com a situação, exceto ficar quieto e deixá-la desabafar.

Você queria que ele soubesse, então ele sabe. Agora relaxe", ela mandou mensagem.

Eu disse, "Porque é que a Misa me chamou para dizer todas estas palavras tretas?"

Pantea respondeu freneticamente, "Não me importo, guarde para si mesmo, não me importo. Faça o que quiser."

Eu ainda expliquei a Pantea, "Eu te enviei uma foto de todas as chamadas recebidas e perdidas de Misa."

Ela respondeu firmemente, "Como se eu me importasse com o que ele fez ou com o que ele está pensando."

Eu tentei sugerir a Pantea, "Você deveria relaxar e apenas olhar para eles."

"Agora sei de tudo, Alborz. Você relaxa, não fique tenso."

"Por favor, não me culpe. Por que eu deveria estar tenso?"

Ela respondeu, "Eu não culpo ninguém, eu estou me culpando. Chega, não fale sobre o que você fez, ou o que Misa fez. Como se eu me importasse. Agora eu não me importo com nada, eu vou contar a todos abertamente o que eu fiz, não é grande coisa."

Eu respondi, "Por favor, entenda, enviei nossas fotos e mensagens para Misa depois que ele me ligou e falou comigo por vinte e oito minutos."

Ela disse, "Eu vou morrer, mas não serei ameaçado."

"Agora isso está errado, Pantea. É Misa que me ameaçou, eu não o ameacei nem a você. Leia cuidadosamente o que a chamada dele prova. Não me atrevo a ameaçar-te. Eu não te chamei de puta. Ele pediu-me para te deixar, ameaçou-me, enviou-me mensagens desagradáveis."

Pantea explicou, "Alborz, ele não é ninguém para mim que possa ameaçá-lo, parar babaaaa. Quanto você quer jogar? Conheço todos esses jogos melhor do que você, cavalheiro. Sente-se e mande minhas mensagens e fotos aqui e ali. Posso apenas dizer que você é um ser humano real. você será tão feliz e abençoado em sua vida. Não tenho nada a perder. Eu já não tinha nada. Levante-se e reze de manhã. Deus está contigo. Meu Deus também está comigo. Se Deus não for, irei a Deus de braços abertos. Acha? Quem é aquele cara, você queria fazê-lo fugir? Hahaha. Eu não me importo se ele está lá ou não, eu não me importo com ninguém. Como pode um ser humano ser tão cruel? Eu nunca poderia fazer isso com ninguém na minha vida, nunca. Nunca, até para o meu inimigo."

Eu disse a Pantea, "Por favor pergunte a sua Misa o que ele fez."

Ela furiosamente disse: "Pare de dizer sua Misa - Pisa. Não brinque, pelo menos tenha alguma vergonha."

Eu disse a Pantea, "Eu sei de tudo. Eu não estou brincando, ele está tocando."

Pantea disse, "Eu contei a Misa tudo sobre nós porque eu não me importo. Ele também não se importa. Porque ele não é ninguém para mim, eu não me importo. Pare com isso? Não me importa quem está jogando? Eu me importo com o que você fez comigo. Você acha que eu sou um chutiya (idiota), mas eu não sou. Ei, pare. Vá aproveitar suas ações. Fique abençoado. Minha bunda, você. Minha bunda, Misa. Minha bunda, minha vida. Minha bunda, qualquer um. Ouça, meu super-herói inocente, não vou te encontrar. Então, você pode me fazer um favor se não se importar? Espere que meu irmão vá embora. Então, eu vou te encontrar e ver o que precisamos fazer. Não posso vir esta semana, porque preciso manter a minha mente em paz para lidar com o meu irmão. Nesse tempo, você pode fazer o que quiser."

Pantea continuou: "Você pode informar quem quiser. Você pode fazer cartas, histórias e mensagens e enviá-las para quem quiser. Você tem tanto tempo e energia para tudo isso, muito bom. Pare de agir inocente. Seja homem. Quando tiver feito algo, defenda-o como um homem. Eu não sou um bacha (criança). Sim, sou muito humano, por isso não faço tudo o que podem fazer. Mas eu não sou um chutiya (idiota) como você pensa. Você já tem todos os meus detalhes de chamada através dos meus registros telefônicos com certeza. Então, quando ele guardou minha foto com ele no WhatsApp, você começa a mandar mensagens para a pessoa. E o engraçado é que Misa não é ninguém. E ele não é meu namorado. Pare de contar histórias, meu querido, o que quer que aconteça. O que quero dizer é que você poderia enviar minhas mensagens e fotos. Isso é o suficiente para mim, eu não tenho mais nada para pensar e falar sobre isso. Você tem razão, eu não posso te comparar com ninguém porque ninguém faz isso."

Depois de tudo que Pantea disse, eu disse, "O que quer que você pense. Eu não estou fazendo mais nada. Eu fiz quando ele me ligou. Você é um bacha. De quais registros telefônicos você está falando? Mas está tudo bem como você pensa, mas eu cometi um erro, então peço desculpas."

Ela voltou dizendo, "Oh, eu te perdoo, mas não me importo, querida. Você pode enviar mais mensagens e mais fotos para quem quiser. Mas agora pare de agir como um ser humano como você não é. Mas lembre-se sempre, Alborz: Você jogou um jogo muito, muito sujo. Eu não tenho nada a dizer e não quero contar. Não me importo mais, você pensou quem é Misa que você vai informá-lo dos meus negócios com você. Mas de qualquer forma, você fez isso, fique feliz. Você é um cara que pode fazer qualquer coisa. Então, por favor, faça o que for preciso para sua satisfação mental. Estou aberto à satisfação. Eu posso morrer até por sua satisfação mental. Não tenho nada a perder na vida. Estou vivo para a minha mãe, nada mais. Mas, se necessário, não estarei vivo para ela. Enfrentarei cada coisa que estiver passando. Por isso, por favor, tratem-me de qualquer forma e para qualquer fim. Eu não vou te machucar. Eu não farei nada. Eu vou embora. Eu não tenho um coração diabólico. Eu seguirei meu coração e serei humano. Deixarei a Deus enfrentar o que quer que seja o meu destino. Então, fique feliz e em paz que fez isso com meu destino. Então, não posso fazer nada. Lamento tê-lo comparado com outros. você tem razão, você é único. O que você fez, ninguém podia fazer. A mensagem que você me enviou de manhã foi tão engraçada. Haaaaha, você é muito bom. Você sabe o que eu ainda vou dizer: obrigado pelo que fez e deixarei tudo nas mãos de Deus. A vida não pode continuar assim. Um homem não pode agir forte e foder a vida de uma garota inocente só porque ele tem dinheiro, e ele é um homem."

Eu só continuei lendo as mensagens dela e fiquei quieto. Eu só continuava pensando que o que acontecia era ruim e eu não deveria ter feito isso. No meu coração não havia nada contra ela. talvez eu tenha sido possessiva dela como a amava e queria protegê-la sempre. Eu não deveria ter sido possessivo. foi o meu erro e eu mudei depois deste incidente e, reconhecidamente, o meu erro não foi ser desculpado.

Pantea ainda tinha muito a dizer. Ela continuou, "Lembre-se, meu querido, o dinheiro não é o único poder na vida. Você precisa ter um coração limpo e ser humano. Eu não preciso pensar. Eu terminei com tudo. Eu terminei com a minha vida. Eu sou corajoso agora para ver o que vem depois. Deixa-me estar em paz. Meu irmão e sua namorada vão embora no dia 8 de abril. Vou limpar tudo com você. Metade das suas mensagens esta manhã era treta. Por que Misa, que tem sua própria vida e nem sequer se preocupa com o que estou fazendo? Você deveria enviar essas besteiras nossas mensagens e fotos para ele. E mesmo que ele tivesse feito, eu não me importo com Misa. Eu não me importo com o que ele fez. Porque não estamos a interferir na vida pessoal uns dos outros. Eu não sei o que ele está aprontando. Ele não sabe o que estou fazendo. Ele era meu namorado há 8 anos. Ele nem se incomodava na época. Eu estava em Goa com minhas meninas, querida, posso te mostrar provas. Mas não acho que seja necessário. Essa foto que vocês viram na tela desse cara é Goa, sim. Mas conhecemos milhares de pessoas em Goa. Eu tenho fotos com outras pessoas também. Vou mostrar-vos tudo. Esse cara está em Goa metade de sua vida."

Eu finalmente respondi a Pantea, "Eu não preciso de nenhuma prova e você não precisa me mostrar."

As minhas palavras não foram ouvidas. Pantea continuou dizendo, "Eu não preciso ir a Goa com ele. Eu não sabia que ele colocou minha foto em sua tela do WhatsApp. Quando eu vi, pedi a Misa para removê-lo do seu pd porque não somos ninguém um para o outro. Milhares de pessoas podem colocar minha foto com eles. De qualquer forma, não preciso de explicar estas coisas. Mesmo que eu tenha saído com 10 pilas, não é da conta de ninguém. Farei o que quero fazer. E se não, é melhor eu morrer e não viver. Farei o que quiser. E vou dizer ao mundo que sou uma prostituta. Quem são essas pessoas? Vou contar à minha família. Eu não me importo se eu chego a um ponto na vida. Vejo a sua imaginação em mensagens que não fazem sentido. Mesmo que seja verdade, e daí? Mesmo que eu tenha feito isso, e daí?"

Pantea continuou, "Se eu fosse a Goa com quem quer que fosse, e daí? Quer me matar? Venha matar Naaaaa. Nenhum filho da puta pode me dizer o que fazer na vida. Não deixarei que isso me aconteça. Estou te dizendo. Depois disso na minha vida, morrerei ou viverei como quero viver. Se alguém quiser fazer alguma coisa, deixe-os fazê-lo. Nunca vou foder o caso de alguém como você. Eu viverei com um coração e mente limpos. Eu serei humano. Eu amarei as pessoas por elas, não por mim. Eu não vou usar ninguém."

Eu simplesmente respondi a Pantea, "Eu não disse nada. Eu não pretendia foder a vida de ninguém, mas ele me instigou."

Pantea continuou, "Apenas pense que tipo de homem pode tratar uma garota como esta para enviar minhas mensagens e fotos aqui e ali. Wowwwwwww, pare de falar sobre Misa baba, você está fazendo ele grande demais. O que quer que ele faça, não me importo. Não me incomoda o que ele fez."

Pantea não parou aqui, ela ainda tinha muito a dizer: "Eu sei o que está acontecendo. Pare agora, divirta-se. Sente-se e planeje mais mensagens e histórias. Isso vai satisfazer você e Deus te abençoe. Não sou ninguém, mas tenho conselhos para ti na vida. Não faça coisas erradas na vida das pessoas. Errado voltará a você de outra forma, você não pode foder o caso de uma pessoa inocente na vida só por sua própria satisfação mental. Mantenha-se humano, mantenha-se limpo."

Eu só respondi a Pantea, "É fácil dizer isso."

Ela respondeu, "Sim, muito fácil."

Eu disse novamente a Pantea, "Desculpe por ter feito algo errado, mas fui empurrado para que talvez você não me entenda."

Ela tinha muito a dizer em resposta a isto, porque me magoou muito: "Deus te abençoe, mas sei que você não foi empurrado. E mesmo que o que quer que diga seja a verdade, não havia razão para mandar todas as minhas coisas a alguém para foder o meu caso...mesmo que essa pessoa fosse quem fosse. Não consigo entender, ninguém faria isso. Então, você fez isso propositadamente... e esta foi uma ação suja e criminosa de você, Alborz."

Ela disse ainda, "De qualquer forma, vamos parar aqui e eu vou falar com você depois que meu irmão sair. Até lá, não precisamos estar em contato. Abençoe-te, fique feliz."

Ainda respondi educadamente a Pantea, "Bem, ele me empurrou. Vou mostrar-vos, mas acreditam na outra pessoa e não em mim. Por isso, o que não devo justificar, justifiquei as razões de tudo na minha carta. Não fiz nada sujo ou criminoso, só respondi a Misa."

Pantea continuou, de qualquer modo, "Vamos parar aqui, não é necessária mais justificação para mim. Faça o que quiser. Não responda a isso. Vamos continuar porque não precisamos mais estar em contato. Eu não acredito em ninguém. Minha bunda, outra pessoa."

No dia seguinte eu não pude me impedir de entrar em contato com ela, então eu disse, "Eu sei, de acordo com sua ordem e direções ontem à noite, que não precisamos estar em contato, mas ainda assim, eu quero dizer boa noite para você."

Ela me reconheceu, "Boa noite."

Eu disse, "Obrigado."

Pantea respondeu, "Eu respeito as pessoas e tenho respeito. Eu penso diferente das pessoas aqui na Índia. Não guardo ressentimentos estúpidos como uma criança. Dizer boa noite não é grande coisa. É uma cortesia normal, você não precisa ser grato."

Eu disse, "Por que não posso agradecer a você por aceitar minha boa noite?"

Ela despediu-se, irritada, "Bela chega". "Só disse boa noite porque faço isso com inimigos também. Não é grande coisa. Eu cresci assim. Se eu não disser boa noite a você nada vai acontecer. Falo das minhas coisas se preciso de falar. Eu não jogo estúpidos jogos infantis de não dizer boa noite e tudo mais. Estes são dramas de pessoas neste país. Como sinal de respeito a você, Alborz, eu disse boa noite como somos dois seres humanos maduros."

Mais tarde, com a minha insistência em encontrar-me e esclarecer a nossa luta, Pantea concordou em reunir-se em 19 de março, quando o seu irmão vinha no dia seguinte e Nowruz estava no dia 20 de março.

Capítulo Três:

Separação De Pantea Para O Bem

No dia 19 de março, 2018, peguei um voo para Mumbai para resolver todos os problemas com Pantea. No entanto, meu plano falhou. Depois da minha chegada, ambos trocamos alguns prazeres, e ela queria rever cada ponto na carta, como ela chamou. Pantea tinha tirado o assunto inteiro do contexto, ela pensou que eu a tinha ameaçado enviando nossas mensagens e algumas fotos para Misa. Como ela o considerou ameaçador, eu só queria que ele soubesse sobre nossa relação. No entanto, mais tarde descobri que outra pessoa também estava por trás desta confusão. Por conta dela, ela estava zangada por eu ter dito à Misa que ela trabalhava como uma garota de chamada. Eu nunca disse ou fiz tal coisa.

Mais uma vez, havia alguém que lhe enviou algumas mensagens. Eu nunca faria tal coisa, mas não importa o que eu dissesse, Pantea não acreditaria em mim. Ela era cega das ações de Misa e me culpou por tudo. Continuei tentando dizer a ela que ele me ligou no dia 25 de fevereiro. Na sua mente, ele era um bom homem e não se incomodava com o que eu lhe enviava mensagens. Imploro discordar.

"Alborz, você tem o dobro da minha idade. Por causa de seus pensamentos de tal natureza, você está sofrendo. Portanto, você tem disputas com sua irmã, e muitas outras coisas ruins aconteceram com você."

Na minha opinião, as questões surgiram de Anahita, como ela sempre ouvia em Pantea. Tenho certeza que a conversa surgiu muitas vezes sobre nossa diferença de idade. Mas Anahita sempre pensou que ela tinha uns trinta e dois anos.

A conversa me machucou muito, então eu desafiei ela que eu teria uma garota que tem vinte e cinco anos. Pantea respondeu: "Sim, você pode ter uma garota com metade da minha idade, porque você tem dinheiro."

Eu disse, "E é por isso que você está comigo, certo?" Na carta, mencionei que ela era como sua amiga Anahita, e queria-me pelo meu dinheiro e por outro homem para o caso.

"Você está mencionando Anahita porque eu te disse que ela quer Tanvin por dinheiro e Rajat como namorado." Depois ela partiu para o bem, e eu sabia que tinha terminado para sempre.

Voei de volta para Deli no mesmo dia e tentei pacificar Pantea com algumas mensagens doces e suaves.

"Por favor, abençoe-o. Eu aterrissei querida." No dia seguinte, enviei uma mensagem "Sobh bekheir (bom dia)."

Ela se demitiu, "Eu acho que você não me levou a sério. Por que você ainda está me mandando boa noite e bom dia? Nós conversamos ontem, e eu não tenho mais nada a dizer."

Pantea disse, "Então tudo está claro, acho, por favor, seja honesto comigo, e pare os jogos e o drama. Você quer fazer qualquer coisa mais, faça-o o mais rápido possível, o que quiser. Estou pronto para isso. Estou tão cansado de tudo. Eu não quero discutir o mesmo tópico várias vezes."

Pantea continuou, "Eu não terei nenhuma lealdade para você ou qualquer outro homem na minha vida porque isso não sou eu. Não darei garantias a ninguém na vida. Ninguém é leal neste mundo. Por que eu deveria estar? Não é só minha natureza, eu posso não fazer nada. Posso fazer tudo, é a minha escolha, o meu modo de vida. Se não é suposto, é melhor não viver. Mas eu não sou um trapaceiro. Eu não prometo que nunca fiz e não venderei minha vida por dinheiro. Como você queria, eu te dei o que você queria. Eu não te tratei mal. Dei-te o tempo e dei energia. Dei parte da minha vida ao conhecê-lo, e estive lá por você. Não era como se eu não me importasse com você... você também fez o que podia fazer. Foi muito bem compreendido. Pensou ao trazer outros homens entre o que aconteceria? Ninguém me importa. Tenho milhares de pessoas à minha volta, e nunca estarei preso a um homem. Quem pode se foder quando?"

Ela continuou e continua, "Eu sempre esqueço pessoas que eu não me importo se elas estão lá ou não. Deixei meus namorados pela minha liberdade e pelo que quero na minha vida. Outros de quem você está falando e que estão apontando dedos não são meus namorados. Até eu posso expulsar qualquer um a qualquer momento e eles podem pensar o que quiserem. Então, fodeste a minha confiança e partiste-me e acabaste de mostrar como podes estar com as tuas ações. E você me culpou por te trair, o que foi tão engraçado. Por que sou Rozhan que te traí? Ou eu te prometi que minha vida seria sua e só sua? Como poderia esperar isso de mim? Você é uma pessoa madura sabendo o que está acontecendo na vida, você me encontrou onde começamos. Se você tivesse me proposto no meu pai quando eu estava sentado em casa como virgem e esperando alguém vir me casar, então eu teria dedicado minha vida a você? Vamos, querida. Pensem, estas relações são muito bem compreendidas em todo o mundo.

"Você é um homem sábio e eu sou uma garota sábia, nós sabemos o que está acontecendo na vida. Ninguém gosta do seu tipo de gente que tem tais pedidos. Toda a sua vida você fez isso. Você sabe como é, ainda assim, eu era uma garota de bom coração que nunca te trairia pegando nada e deixando você ou abandonando você, ou fazendo o que eu costumava fazer para ter mais e mais. As raparigas guardam tudo num prato para si próprias. Eu fui honesto com você sobre o que eu deveria ser honesto. De qualquer forma, não adianta falar sobre tudo isso de novo e de novo. Por favor, arranje esses óleos como prometi ao meu primo. Eu pagarei por eles, apenas pedirei que eles me enviem o mais rápido possível, obrigado."

Eu sabia que metade dos textos dela vinham de Anahita. Ela dizia, "O que Alborz pensa de si mesmo? Você não foi vendido a ele, nem é casado com ele."

Eu arranjei os óleos que Pantea pediu para o primo dela. No passado, eu os tiraria de Deli. Pantea escreveu: "Você pode pedir a esse cara que envie 1 kg de óleo de árvore de chá, 1 kg de óleo de grama de limão e 0.5 kg de óleo de laranja. O total será de 2.5 kg. E eu preciso dos caros, o que significa os australianos. Eles podem enviá-los para o meu endereço e eu pagarei por eles aqui."

Eu pedi os óleos e confirmei a ordem com Pantea. Além disso, me deu a chance de convencê-la a esquecer tudo o que tinha acontecido. Eu disse, "Vamos corrigir as coisas...?"

Sua resposta contundente: "Apachar as coisas? Não vou ficar aqui para consertar as coisas. Eu decidi. E não estou brincando. Eu não quero depender mais de nenhum homem na minha vida. Nunca, nunca.

"Foi por isso que te disse para ter a certeza de que acabou, por isso, se vais foder mais o meu caso e fazer o que quiseres, por favor, fá-lo o mais depressa possível. Eu não posso confiar e não quero mais confiar em ninguém. Você colocou Zahar (veneno) na minha comida, e eu te perdoei. Isso foi suficiente para qualquer um perder a confiança, mesmo assim, eu fiz. Chantageando-me enviando minhas fotos e mensagens aqui e ali. Mande para sua esposa, por favor. Não a pessoas sobre quem dou a mínima. Por favor, não discuta comigo, é a minha vida. Eu não quero mais lutar por isso. Se eu for ao meu país pelo menos estarei seguro. Só não vou ter que pedir muito dinheiro, então vou trabalhar e viver como pessoas normais e morrer. Queria nunca ter deixado você fazer nada extra para mim. Queria ter ficado dentro dos meus limites como costumava estar. Queria não ter confiado em você e ter colocado toda a minha vida em suas mãos. Eu deveria ficar independente, esse foi o meu erro. Uma mulher deve ser independente se quiser viver livre e ficar livre. Caso contrário, os homens arruinarão a sua vida. Eu me empolguei. Mas está tudo bem. Estou pronto para pagar, mesmo que minha vida não importa."

Foi difícil ouvir as palavras dela, mas deixei-a desabafar, e depois enviei-lhe uma nota de voz sobre o homem do petróleo. "Por favor, note que foi US$ 130 por kg. De qualquer forma, é de 188 dólares."

Ela perguntou, "Por quê? Preciso de 2.5 kg. Deve ser mais, 1 kg de limão, 1 kg de árvore de chá, 0.5 kg de óleo de laranja. Portanto, deveria ser cerca de 320 dólares."

Esclareci: "O óleo de árvore do chá é de 130 dólares por 1 kg, o óleo de limão é de 34 dólares por 1 kg, e o óleo de laranja é de 14 dólares por meio kg, e o correio de vocês é de 10 dólares, portanto, 188 dólares no total. Cada óleo está em taxas diferentes. Chama-se óleo de árvore de chá. Por favor, confirme com eles, e o pagamento será feito a ele amanhã e então ele o enviará para seu endereço."

Pantea confirmou. "Sim, está tudo bem, obrigado."

Quando terminamos de falar, fui ao gabinete da FRRO para perguntar sobre as consequências para o seu visto se ela se demitiu da empresa como diretora, como planejava sair em breve. Depois enviei-lhe uma mensagem, dizendo que pode ficar até outubro. Eu não queria que ela saísse imediatamente. Pantea estava sempre em minha mente, e eu estava me arrependendo. A última coisa que eu queria era que ela sofresse.

Eu respondi: "Há alguns problemas antes de você sair. Fui ao gabinete do FRRO e a sua demissão pode ter lugar duas semanas antes de o senhor se retirar em outubro. Como a empresa está pagando o aluguel, já que você é diretor, você deve assinar os minutos do conselho de administração, etc., que é necessário para todas as empresas. Vou providenciar a entrega do seu dinheiro de bolso a você todos os meses até outubro. Mas você deve assinar alguns papéis para a política de vida HDFC antes de partir. O seguro automóvel foi enviado novamente por correio postal pela companhia de seguros, por isso, se alguém telefonar, pegue e receba como já voltou uma vez."

Depois, como eu sabia que ela iria e nos separamos para sempre. Decidi procurar outra garota na minha vida que fosse melhor que Pantea. O desafio era encontrar uma garota que tinha vinte e cinco anos. Mas o tempo dirá se eu poderia vencer o desafio. Os leitores devem esperar para ver o resultado. No entanto, por favor, continuem a ler e a seguir esta viagem comigo.

Pantea foi quem me encorajou a escrever meu primeiro livro, QUEM O FEZ, e o segundo EU O FIZ. Entretanto, decidimos transformá-los em uma série, A Série RAHA, depois de Pantea. Mas eu continuei com os livros, escrevendo este e o próximo que continua com O QUE VAI VOLTA, e então o quinto livro é, VAI AMAR RUÍNA - A SEPARAÇÃO PANDÊMICA COVID-19. Serão de dois a cinco volumes. Depois, muitos outros livros estão a caminho de permitir que os meus seguidores continuem a ler os meus livros.

Quero esclarecer que todas as mensagens estão narradas ou vêm das minhas memórias. Assim, cada um pode diferir de acordo com a troca entre Pantea e eu. Uma vez terminada esta série, começarei a escrever mais a partir do dia em que nasci.

Capítulo Quatro:

Ela Cortou O Dedo E Eu Perdi O Aniversário Dela Pela Primeira Vez

Uma tarde de sábado quatro dias depois de nossa luta e separação, Pantea me enviou uma mensagem e me disse que cortou o dedo. Era 24 de março, 2018. Ela me disse que não pararia de sangrar. ela tinha que ir ao hospital e eles operariam na segunda-feira 26° Marchas um tendão tinha sido cortado. A médica estaria disponível na segunda-feira, e ela pediu minha permissão para usar o cartão American Express para pagar a conta. Ela me enviou fotos do dedo sangrando. Fiquei tocada e disse-lhe que ela não precisava da minha permissão para usar o cartão de crédito, por favor, vá em frente. O hospital mais próximo de sua casa era Kokla Bhai, e eles avaliaram que ela precisava de cirurgia. Ela estava tentando abrir um recipiente quando cortou o dedo. No entanto, como era sábado, os médicos disponíveis não podiam funcionar. Então, eles fizeram uma consulta para ela na segunda-feira em outro hospital onde o Dr. Shesha estava trabalhando agora. Lembro-me de ter tido muita dificuldade em lhe conseguir um cartão American Express, uma vez que é nacional iraniano e não é possível na maioria dos casos.

Mas ela recebeu um cartão corporativo com limite de crédito ilimitado e quando recebeu o cartão, ele fez Pantea muito feliz, e eu sempre faria qualquer coisa para fazê-la feliz.

Eu expliquei que ela não tinha que pedir permissão, e ela tinha seguro médico. "Por favor, cuide de si mesmo e me mantenha informado."

Acho que ela entrou em contato com o Dr. Shesha desde que ele estava em outro hospital. Era óbvio que ela não tinha ninguém para apoiá-la, embora seu irmão e namorada estivessem na cidade e permanecessem por algumas semanas. Mas eu tinha certeza de que Milin era a única que ficava do seu lado para a operação e então tenho certeza que a Dra. Shesha seria uma boa ajuda para que ela fosse admitida.

A operação foi um êxito e o custo total foi de cerca de 1500 dólares, que foram pagos com o cartão corporativo American Express. Eu estava feliz em pagar a conta da minha empresa. Pantea é muito querida pelo meu coração e eu faria qualquer coisa por ela. Ela me enviou uma fotografia do seu leito hospitalar após a operação. ela parecia linda até no hospital. A razão da nossa dissolução não era conhecida, mas ela sempre esteve no meu pensamento. Eu não pude estar do lado dela, já que tínhamos lutado e separado para sempre.

O meu coração sentia-se à vontade de a ver no hospital e eu queria desesperadamente vê-la. Mas ela não quis me dar as boas-vindas de volta à sua vida. Eu sabia que era uma má ideia mostrar ao Rozhan, mas eu precisava contar a alguém, então eu mostrei a ela mesmo assim. Rozhan podia ver a minha expressão e perceber os meus sentimentos de amor por esta mulher. Ela não tinha certeza do meu caso, mas quando Pantea veio me ver no hospital na época em que passei pela cirurgia de bypass cardíaco, Rozhan fez um comentário sarcástico quando Pantea estava indo embora.

Ela lhe disse, "Não seja tão formal com ele, apertando as mãos enquanto partia." Rozhan quis dizer que você pode abraçá-lo, mas Pantea já estava tão nervosa no hospital que suas mãos estavam frias e tremidas.

Pantea esteve no hospital durante cerca de 24 horas depois e foi-lhe pedido que mudasse de bandagem todos os dias. Meu telefone foi configurado com o e-mail dela, então eu sabia quando ela foi ao hospital e voltou pelos pedidos da Uber. Uma vez eu pude até ver que ela foi a Juhu por duas horas, mas eu não sabia quem estava em Juhu. Poderia ter sido Misa. ele pode ter ficado em Juhu. A única coisa que eu sabia com certeza era que Anahita não ficava em Juhu.

Parece que Anahita mais tarde a guiou a mudar seu e-mail registrado com Uber e Zomato, etc., então eu não teria conhecimento de suas viagens. Caso contrário, Pantea não se importaria, ela era uma garota totalmente descuidada e não com tecnologia. Mas eu juro que não havia motivo para eu me importar com suas viagens. Na verdade, eu nunca quis me envolver em seus negócios a menos que ela me perguntasse.

Depois EU O FIZ, minha compreensão do amor mudou drasticamente. O meu único esforço foi punir-me pelas minhas ações com Pantea. O único objetivo da minha vida era vê-la feliz, não como a via desde 18 de março de 2018. Ela partiu para o Irã em breve, mas amou a Índia, especialmente Mumbai. Sem falar na Anahita, como ela era sua melhor amiga. No entanto, nunca quis que eles fossem separados, como entendi, Anahita era um ponto negro na vida de Pantea. Mas então quem era eu para jogar fora suspeitas? Era a vida de Pantea e ela queria controlar o seu destino. Eu estava em busca de outra garota, pois sabia que Pantea tinha desaparecido para sempre. Além disso, ela sempre foi muito determinada. Tivemos formas muito diferentes de pensar.

O aniversário de Pantea foi no dia 6 de abril e a única coisa que pude fazer foi enviar uma mensagem de desejo de aniversário. Foi o primeiro aniversário desde que nossa relação começou que eu perdi estar com ela. Na nossa última visita a Dubai, arranjei-lhe um anel Versace e deixei o bracelete Versace que ela gostava de a pegar neste aniversário. De alguma forma consegui que fosse entregue em Dubai para alguém trazer para a Índia para este aniversário, mesmo que não estivéssemos nos encontrando. Além disso, pedi online todos os vários cremes La-Prairie que ela tinha escolhido no dia 4 de março. Eu não tinha descoberto como fazê-los entregar, então eu mantive a entrega pendente. Eu também queria enviar o dinheiro do bolso dela para abril ao mesmo tempo. Então, minha única opção era descobrir uma maneira de enviar os pacotes depois que seu irmão partiu.

Capítulo Cinco:

Eu Fui Enganado

Depois da minha separação de Pantea, fiquei frustrado. Então, no dia 10 de abril, 2018 eu tinha negócios em Chandigarh, devido a uma execução de decreto-lei. No aeroporto comecei a procurar outras garotas. durante o meu relacionamento com Pantea, procurar por qualquer outra pessoa estava fora de questão. Estávamos juntos desde 2012, e eu estava fora de contato com o mercado de cafetões desde 1999 porque eu tinha uma relação com a Aafree de 1999 a 2012. Todo o incidente me deixou completamente perdido, e quanto mais profunda minha busca ficou a pior que eu senti. Os cafetões me mandaram uma foto após a foto e nenhum deles se encaixava na minha ideia da garota certa. A minha busca continuou até às 20H00, quando finalmente desisti deles.

Depois, depois de mais alguma pesquisa, encontrei outro cafetão e contactei-a. Ela me enviou belas fotos e eu gostei de três delas. Consegui reservar todos para 3000 dólares. Entretanto, a frustração e o meu desafio de Pantea deram-me a determinação de a ver passar ao fim. O incidente me deixou procurando pelo meu destino.

Um dos colegas do cafetão apareceu às 22h e levou o dinheiro para fora na cafeteria. Ela estava falando no telefone e pegou o dinheiro, me deu o número do quarto onde as três meninas estavam esperando e disse que eu poderia levá-las para minha suíte presidencial. Cheguei ao número do quarto que ela me deu, mas ninguém atendeu a porta como parecia que ninguém estava lá. Era aparente que eu tinha sido enganado. depois de ligar para o quarto muitas vezes, ninguém atendeu. Quando voltei ao saguão, a garota que pegou o dinheiro já tinha ido embora. Eu continuei minha busca para entrar em contato com o cafetão por várias horas, mas já era 11.30 pm, então fui ao restaurante e comi o jantar. Foi depois da meia-noite quando voltei para o meu quarto.

Quando acabou, fiquei muito irritado e pensei em ligar para Rupali, já que ela era louca por mim. Costumávamos falar sobre nossas vidas o tempo todo. Eu poderia pelo menos compartilhar o que aconteceu, mas infelizmente ela não atendeu.

O incidente me deixou em outra situação estranha. Lembrei-me da Liya que também era louca por mim, mas não conversávamos há muito tempo. Sempre a ignorei, exceto quando ela me ajudou a fazer Aafree parar de assediar

Pantea. Tinha pago-lhe 30000 dólares na altura em questão para salvar Pantea de assédio por Aafree - como tinha tirado Pantea dela e quebrado a minha relação de treze anos com Aafree - e funcionou. Apesar de Pantea não ter sido incomodada por nada, ela não se importou em entender por que eu sempre a protegia de qualquer tipo de problema. Mas ela sempre disse no começo que se Aafree me ligar ou disser alguma coisa, ela não me encontraria. Você encontrará essa parte da história no meu primeiro livro, QUEM O FEZ.

Finalmente concluí que ligaria para Liya por volta da meia-noite. Ela respondeu espontaneamente, "Olá... Onde você esteve?"

"Pantea e eu terminamos. Ela está voltando para o Irã." Nós conversamos por quase uma hora. "Vamos nos encontrar? Dar-vos-ei 3000 USD por mês para me encontrarem todas as semanas." Ela concordou.

Na época, eu não estava ciente do estranho destino que vinha do meu caminho. Nossa reunião foi marcada para 13 de abril, apenas uma noite. Eu reservei um voo para ela chegar um dia e sair do próximo. Quando ela chegou e me encontrou no meu carro, para minha surpresa, ela não era o que eu esperava. Eu não podia aceitá-la como eu tinha estado com uma linda garota, Pantea, que era bem comportada, e

Liya não estava nem perto do mesmo. Eu queria dizer a ela para voltar no próximo voo, mas eu não insultaria uma garota como essa, então nós fomos ao JW Marriott para a suíte em que eu já tinha feito o check-in.

Agora eu estava em apuros, já que meu coração não gostava de Liya. Nem poderia ser grosseiro e mandá-la de volta. De alguma forma, tinha de haver uma maneira de passar até ao dia seguinte, até que ela partisse. Eu, claro, contei a ela sobre Pantea. Eles se encontraram em 2013 por seu aniversário, e novamente várias vezes depois. Como comprometi, dei-lhe 3000 dólares. Minha escolha de meninas foi diferente, ao contrário de Liya. Na verdade, as meninas da Índia estavam cheias de drama, como Pantea professou muitas vezes.

Minha Pantea era uma superestrela, muito decente, e sofisticada. Ela era apenas o tipo de pessoa que eu procurava encontrar, além disso, ela não era uma garota de chamada nem uma profissional, como as outras que eu estava tendo que enfrentar agora. Levou tudo que eu tinha que encontrar com Liya, e o tempo passou muito devagar. Pantea estava sempre na minha mente. Na verdade, sempre a amarei, não importa o quão distante possamos acabar. Além disso, Pantea não era uma garota chamada, era de uma família de elite no Irã. Pantea era um belo prêmio que eu tinha perdido devido ao meu erro. Qualquer chance de tê-la de volta na minha vida acabou.

Liya e eu conversamos sobre meus sentimentos por Pantea. Ela me contou sobre um astrólogo que Vodafone trabalha em quem estava disponível para ligar a qualquer momento. "Vá em frente... ligue agora."

A chamada foi respondida imediatamente, e o astrólogo online engajado por Vodafone pediu minha data de nascimento. Ele me disse que era cem por cento que meu destino final era Pantea. Mas ele não podia dizer quando isso poderia acontecer. No entanto, as notícias foram bem-vindas. Liya sabia que qualquer chance de eu ficar era impossível, como eu estava perdido em Pantea.

Quando a chamada acabou, ficar com a Liya não foi possível. Inventei uma desculpa para o trabalho e fui para casa em vez de ficar a noite. Não valia a pena estar com a Liya e disse-lhe que tinha trabalho no dia seguinte. No dia seguinte, trabalhei no escritório até por volta das 17h, para que eu só tivesse que vê-la por cerca de uma hora e mostrar seu respeito. Não percebi que a Liya me trairia com a Pantea. Claro que as ações dela estavam sem ciúmes tentando me livrar de Pantea, que aparece no próximo capítulo.

Capítulo Seis:

A Mágica Negra de Liya me culpou

Costumava usar dois celulares. Tornou-se conhecimento comum entre a minha família e as mulheres na minha vida. O único telefone tinha um código para acessá-lo, para que ninguém pudesse acessar as mensagens. Mas depois de um tempo, eu desisti do meu Blackberry porque só usei BBM com Pantea. Pantea tinha apagado o seu BBM e parado de usá-lo, pois o usava apenas comigo. Então, continuei a usar o meu iPhone. Naquela altura, usei o WhatsApp para todas as minhas mensagens, que estavam bloqueadas. no entanto, todos na minha família, incluindo Rozhan, sabiam que a senha era o aniversário de Pantea.

A única coisa que eu nunca fiz foi trair Pantea. Deus a abençoe, ela entendeu mal os meus motivos muitas vezes e perdeu a fé em mim. No entanto, as minhas intenções eram sempre pela sua proteção. Só gostaria que ela compreendesse que era apenas pela sua segurança.

Antes da nossa separação, Pantea tinha pedido seis produtos de La Prairie. Fiz o pedido. quatro deles chegaram, mais a pulseira Versace, de que ela gostou na nossa última viagem a Dubai. Eu mesma fiz as malas. era uma caixa vermelha coberta de fitas. Coloquei o dinheiro de bolso de abril de 5000 dólares num envelope branco. Eu embalei a pulseira Versace, as quatro caixas de creme, e uma nota manuscrita mencionando a lista de conteúdo na caixa. Incluí também uma nota que contém os desejos do meu coração e que lhe pedia que reconsiderasse a resolução da nossa luta, como sempre estaria empenhado na nossa relação. Quando estava arrumando a caixa, fiz tudo sozinho. No entanto, não consegui encontrar fita de tamanho normal, por isso usei um tamanho menor, mas pouco sabia que traria desastre.

Contactei Pantea para confirmar que estava tudo bem se o seu pacote de aniversário pudesse ser entregue. Disse-lhe que alguém o entregaria às 22h daquela noite. Alguém vinha de Delhi para Mumbai.

Depois de a questão do pacote ter sido resolvida, fui ao quarto de Liya e perguntei se a sua bolsa estava a continuar. Ela confirmou que seria, então pedi que levasse uma caixa para Pantea de volta para Mumbai. Fui ao carro pegar a caixa embalada, e a coloquei na bolsa da Liya. Disse-lhe que tinha arranjado um motorista que entregaria a caixa embalada a Pantea. Ele estava ciente de sua casa, como ele esteve lá várias vezes.

Eram 17:45, e Liya queria tomar banho, então eu limpei toda a comida da suíte. Eu nunca gosto que nada seja sujo. A única coisa que ficou de fora foram alguns limões cortados, deitados sobre a geladeira. Na mesa central havia dois ladoos, originalmente quatro. Liya comeu dois deles quando entramos na sala. São doces que são deixados como bem-vindos pelo pessoal. Decidi relaxar na sala de estar desde que ela estava tomando seu tempo no banheiro. Disse-lhe que ia ao lóbi para ver como tínhamos de sair às 18h em ponto e já eram 17h45. Quando ela não desceu, liguei e ela me informou que isso seria cinco minutos. Levou dez minutos.

Fomos ao aeroporto no meu carro, e depois de a largarmos, voltei para casa. Minha intenção era nunca mais encontrá-la, pois ela não era o tipo de garota para mim. Rozhan e eu tínhamos planos de ir a um casamento na mesma noite. O motorista de Mumbai me acompanhou. Parece que ele a deixou em casa e foi para a casa de Pantea entregar o pacote.

Estávamos no casamento e, para minha surpresa, às 22 horas, recebi uma mensagem e uma foto de Pantea de uma caixa de creme La Prairie sem nenhuma garrafa de creme. e, em vez disso, continha um pó verde, dois ladoos e alguns limões cortados. "Isso é algo que você faria por magia negra em mim para me levar de volta em sua vida", foi a mensagem frenética de Pantea. Ela pensou que era a minha maneira de a recuperar na minha vida. Algumas mensagens muito ferozes foram para frente e para trás.

Começou com, "Você acha que pode me pegar por magia negra? Eu não acredito em todas essas coisas." Foi tão difícil responder como Rozhan estava comigo.

Mas fui ao banheiro e respondi: "Estou surpreso... O motorista não teria feito tal coisa." Eu estava mais preocupado com dinheiro e a pulseira cara. no total, valeu 20000 dólares. Continuei a pedir a Pantea uma lista de todos os pontos, mas, com grande dificuldade, ela disse finalmente que todos os itens estavam na caixa, exceto esta que estava preenchida com os itens incorretos.

A conversa trocou mais dor, dizendo que ela não era uma bucha (criança) ou chutiya (idiota). "Conheço todas essas coisas e sei como você é. Uma vez que você tentou me dar veneno e então você enviou minhas mensagens e fotos para as pessoas, e agora isso."

Todas as minhas boas ações terminaram num zero. Eu liguei para o motorista descobrir tudo, mas o pobre cara não sabia de nada. Eu o conhecia nos últimos cinco anos. Ele era um homem honesto. além da única coisa que restava no quarto no hotel onde deixei Liya para descer depois do banho eram os ladoos e limões. Liya ficou sozinha o tempo suficiente para pegar esses itens, enquanto eu desci e nos verifiquei.

Eu encaminhei a foto para Liya e depois liguei para ela ao telefone. "Juro, Alborz, pela minha mãe, não fui eu. Eu entreguei o mesmo pacote que você me entregou ao motorista."

Parece que a Liya chamou o motorista, culpando-o pelo acidente. Mas eu tinha certeza de que ela foi a que fez tal ato, pois eles eram itens do quarto do hotel, exceto o pó verde, que Liya pode estar carregando. A Liya queria-me, mas não aguentava ficar com ela mais um dia. Depois deste evento, ela foi completamente bloqueada da minha vida.

Assim que percebi o que aconteceu, contei a Pantea e jurei que Radin não era eu. No entanto, foi inútil; ela não acreditou em mim mesmo. Nas nossas mensagens, ela perguntava quem era a vadia que entregava o pacote ao motorista. A última coisa que eu queria fazer era contar a ela, mas finalmente cedi e fiz isso.

"Oh, você quer dizer que Liya estava lá e ela ligou para você e você deu para ela? Que bela mentira." Enviei-lhe uma cópia imediata dos bilhetes de avião da Liya, mas ela não acreditaria em mim. "Pare de me mandar provas. Você pode fazer qualquer prova. O que ela estava fazendo lá?"

"Liguei para ela fazer sexo."

Ela estava tão chateada. "Então, você aponta dedos para mim e você mesmo está chamando Liya por sexo." Eu não tinha resposta, mas, de qualquer forma, nós nos separamos, então eu estava tentando garotas diferentes.

Naquelas poucas horas passadas com Liya, expressei meu amor por Pantea. Ela obviamente ficou com ciúmes e me quis por si mesma. Expliquei isso a Pantea, mas ela não entenderia, e agora, pelo menos devido a esse incidente, nunca mais nos encontraríamos. O motorista era confiável, um homem que temia Deus, e nunca faria tal coisa. No dia seguinte, o motorista me informou que Liya tinha chamado ele, dizendo que ele deveria assumir a culpa.

Pantea não acreditaria em mim, especialmente depois da terceira vez que um incidente como esse aconteceu. Apesar de tudo, ela se recusou a aceitar minha explicação. Minha única intenção era protegê-la a todo custo. Mais uma vez durante alguns dias, Pantea estava a ser muito rude e firme em regressar ao seu país imediatamente.

Todos os meus esforços para que ela ficasse sem efeito. Tudo isto se deveu ao ato de magia negra de Liya, que arruinou a minha imagem com Pantea para sempre.

Capítulo Sete:

Krystia, 25 Anos, Entrou Em Minha Vida

Como eu tinha certeza de que Pantea voltaria para o seu país, minha busca continuou a encontrar uma garota. Eu sempre preciso de um na minha vida, como todos os homens fazem, no entanto, a maioria deles o faz em segredo.

No dia 14 de abril, tive a ideia de chamar Anassia que estava no segundo livro, "EU O FIZ". Na época, eu não tinha ideia de que seria relevante em 2016 que ela poderia ter um papel no meu futuro destino. Quando ela e seu namorado queriam se casar, eles estavam tendo problemas com o magistrado, então ela me chamou para pedir ajuda. O primeiro passo foi chamar um magistrado que eu conhecia e registrar seu casamento, para que ela pudesse obter um ex-visto.

Anassia respondeu muito bem. Eu expliquei a situação com Pantea e que precisava de uma garota estável. Ela precisava ser honesta e querer uma relação de longo prazo. Eu a convidei para uma noite no Bar do Rick em Taj Mansingh. Conhecemo-nos às 21 horas e expliquei que tinha sido enganado duas vezes na minha busca por uma rapariga depois de Pantea. Depois de explicar meu raciocínio, ela perguntou por que eu queria outra garota.

Nós conversamos mais, e eu insisti em encontrar outra garota de qualquer jeito. "Mas as raparigas indianas não ficam por aí e querem casar-se e estabelecer-se na sua vida", explicou.

"Prefiro não ter uma menina indiana."

"Bom. Há uma boa garota, então. Ela chegou em fevereiro, depois de terminar com o namorado na Ucrânia. Você a conheceu uma vez, no dia 1 de fevereiro. Ela veio com um grupo no JW Marriot quando você ligou para ter algumas garotas para entretenimento para alguns amigos oficiais. Pantea estava com você. O nome dela é Krystia. Ela tem vinte e cinco anos e não se mistura com ninguém. Além disso, ela não tem nenhum outro homem em sua vida no momento.

"Não me lembro dela..."

"Você estava muito envolvido com Pantea para perceber. Mas ela comentou sobre como ela gostava da maneira que você a tratava."

Eu gostei da ideia. "Você quer conhecê-la hoje?" Eu concordei imediatamente. "Eu ligo para ela na cafeteria do

Hotel Lodhi, vamos lá jantar enquanto isso." Como meu amor sempre foi pela Pantea, a ideia de olhar para outra mulher não era necessária. Eu só sabia que Krystia não estava inchada, pois ela não queria ficar com nenhum homem. Por dentro, senti-me bem com a decisão e estava entusiasmado em encontrar-me com Krystia. Além disso, talvez consiga atingir o meu objetivo e encontrar alguém que tinha 25 anos, o desafio que Pantea me deu.

Anassia sugeriu comprar vinho e chocolates para ela como presentes, então fomos ao Mercado Khan perto. Anassia esperou no carro enquanto eu comprava o melhor vinho, chocolates, e alguns presuntos de presentes, junto com alguns presentes para Anassia. Fomos à cafeteria do Hotel Lodhi e pedimos comida. Depois de cerca de meia hora, eu vi uma garota alta, jovem, fina, linda, com cabelo preto a jato entrando, caminhando como um modelo. Não fazia ideia se era Kystia ou não. Para minha surpresa, era Kystia. ela não falava inglês, mas compreendia e falava em palavras quebradas. Conversamos por meia hora enquanto comíamos. Anassia deve ter explicado meus termos, ela era uma garota simples.

Anassia sugeriu que planejássemos um feriado juntos. Já era 16 de abril, então eu concordei em fazer planos e nós trocamos números. Enquanto estávamos sentados ao lado um do outro, eu lhe mandei uma mensagem de que ela estava bonita. Falamos mais um pouco, e foi bom. Então quando ela se levantou para ir embora, ela me beijou nos lábios. Um grande sinal! Enquanto ela se afastava, notei sua elegância. No entanto, a minha mente manteve-se em Pantea. Eu a amava, mas as circunstâncias diziam para seguir em frente.

Depois lembrei-me, *dos presentes dela.* Obtive permissão de Anassia e saí depois de Krystia. Ela estava esperando um táxi. Pedi-lhe que esperasse e fui buscar os presentes.

"Obrigado, Alborz." Ela me deu outro beijo suave, e realmente me impressionou.

Voltei lá para dentro para conversar mais com Anassia. Quando subi à mesa ela perguntou, "Você gosta dela?"

Sim, ela está bem. Mas gostei do gesto dela", respondi.

"Planeje um feriado na próxima semana. Leve-a para Goa. Se não der certo, encontraremos outra pessoa." Era como se Anassia encontrasse uma garota para um garoto. Eu fui grata, ela era realmente uma boa amiga. Fizemos muito um pelo outro. Entre ela e Gul, seu marido, também discutimos um negócio de entretenimento com meus investimentos e uma parceria de 50%. Mas ainda não se concretizou. Gul havia vindo várias vezes ao meu escritório para alguns negócios médicos, como ele se tornaria médico em cerca de seis meses.

No dia seguinte contactei Krystia, mas ela estava sempre ocupada. ela fez shows para Gul e estava sob contrato. Em um texto eu pedi seu sinal de nascimento. "Peixes", ela respondeu. Eu entendi que Peixes são sinceros e fazem uma boa combinação com Taurus.

Eu decidi ir a Goa no dia 21 de abril, 2018. Mas Krystia estava relutante em ir durante três dias e quatro noites. Então, contactei a Anassia, como ela adoraria vir junto. Eles concordaram. Eu reservei duas vilas Taj Fort, uma para mim e Krystia e a outra para Anassia. Claro, trouxe o vinho e a cerveja para mim.

Verificamos o hotel e nos acomodamos. Depois apresentei à Krystia três anéis de diamante que tinha comprado em Deli para ela, assim como um perfume. Um dos pequenos anéis que dei a ela foi um presente para Anassia. Krystia amava todos os presentes, incluindo o pequeno anel para Anassia. Disse-lhe para ficar com os dois, e devolveria o grande. A garrafa de perfume tinha a forma de um sapato de salto alto em azul. Nós nos beijamos apaixonadamente por cerca de 35 minutos, mas nada mais.

Fomos a Anassia e Krystia deu-lhe o pequeno anel. Krystia gostava de nadar e sentar na praia, então passamos o primeiro dia na praia. Depois de passar o dia fora, eu queria tê-la naquela noite. Nós nos beijamos de novo por cerca de 45 minutos continuamente e como eu gostava de beijar, foi legal, mas ela não me deixava ir além disso. Foi muito frustrante, de qualquer forma, então saímos para jantar perto da piscina. Mas, de alguma forma, minha felicidade sofreu como meu coração pertencia a Pantea. Não podia aceitar mais ninguém, embora Krystia fosse uma boa menina.

Capítulo Oito:

Feriados Frustrantes Com Krystia

No início, fiquei apreensivo, mas comprometi-me a seguir em frente com a minha vida. Na nossa primeira noite juntos, dormimos perto, mas nada aconteceu. Na manhã seguinte, ela se levantou cedo, por volta das 7 da manhã, e entrou no banho. Enquanto ela escovava os dentes, eu só conseguia vê-la nas costas, mesmo assim, ela tinha um corpo bonito. Depois que estávamos prontos, Anassia estava esperando lá embaixo por nós.

Tomamos café da manhã e Krystia foi nadar. Anassia perguntou, "Então, como foi ontem à noite?"

Eu encolhi. "Não é bom." Ela parecia intrigada. "Nós nos beijamos por 40 minutos, ela não se mexeu nem reagiu a ela. Ela parece ser gay?"

"Parte disso é controle. Ela não teve ninguém na vida, exceto um namorado, com quem ela terminou na Ucrânia e que foi muito triste. Foi por isso que a chamei para vir aqui. Ela vai mantê-la ocupada. Agora ela te conheceu, e ela não é uma garota que vai te enganar."

No entanto, a minha mente foi sobre Pantea. Embora eu estivesse tentando esquecer ao me envolver com Krystia, a situação não estava funcionando. Eu não gostava muito dela. A minha intenção não era usá-la de forma alguma, queria ter uma relação nobre. O dia inteiro que passamos na praia brincando na água e bebendo cerveja. Como muito do dia foi passado com Anassia, minha atenção foi apontada em sua direção. Ela é uma faladora viva e muito atraente; durante nossa palestra, aprendi que ela e Gul não estavam mais juntas. Ele estava ocupado trabalhando no hospital, ficando com seus pais, e ela estava morando sozinha. Um dia antes, eu a encontrei em um site do papai do açúcar. Odiava a frase, e queria uma relação constante. Durante a nossa luta, Pantea disse quem eu era para ela, um "papá de açúcar".

Na noite seguinte, arranjei um jantar especial num dos meus locais favoritos. Ambos gostavam do lugar, com música privada e um jantar romântico, mas era incerto. Romance com quem? *Onde está Pantea? Eu estava com saudades dela. Eu só a queria. Ela só estava perto de mim. Onde Pantea está meu amor? Por que eu estava fazendo isso? Por que ela fez isso comigo? Por que ela não entendeu o meu amor? Sou assim tão velho?*

Pantea me disse, "Olhe para sua idade, você é 25 anos mais velho que eu."

Estou no caminho errado? Não sei para onde ia. Mas deixei meu destino a Deus, pensando que aceitaria o que acontecesse, já que parecia sombrio na época. Alguém me puxava, me empurrando para um destino desconhecido.

No segundo dia, eu continuei a viagem com Krystia, e ela começou a segurar minha mão por toda Goa. Pantea nunca o faria, pois estava preocupada com o que as pessoas pensariam, e eu perdi essa parte da relação.

À noite, Krystia ficou perto, por mais que nada tenha acontecido. Eu me demiti dos sentimentos dela e não tentei fazer nada desde que Anassia me disse para ser paciente. No entanto, o calor do corpo dela estava até me fazendo suar. Ela tinha 25 anos e era uma jovem na minha vida, que cumpria o desafio de Pantea. Então, deixei que acontecesse. Apesar disso, meus pensamentos ficaram com Pantea como ela era meu verdadeiro amor. No dia seguinte fomos ao café da manhã, seguido pela praia. Depois do almoço, tomei uma cerveja e fui ao spa. Novamente, ela estava sempre segurando minha mão. ela não se importava se alguém estivesse assistindo. Foi diferente para mim, como esperava de Pantea por causa do meu amor ilimitado. Eu tinha planejado uma noite num iate com um DJ, assim como bailarinos com comida e garçons de Taj Panaji. Foi o mesmo cenário que quando celebrámos o aniversário de Pantea, que tinha sido estragado pela fofoca de Anahita. Foi uma noite excelente, mas agora eu estava assistindo Anassia. Ela era uma garota adorável, e não percebeu que eu gostava dela dançando e não se importava com a dança de Krystia. Eu tinha um olho diferente. os meus pensamentos voltaram-se para a procura do meu futuro, não para uma tomada de uma noite.

Entre as performances dos bailarinos, um dançarino de balé fez um ótimo trabalho. Ela fez uma dança de cobra, e parecia bem. Quando ela terminou, queria que o número dela chamasse para futuros shows. Eu podia ver Krystia me vigiando. ela não aprovou minhas ações. Este nunca foi o caso da Pantea, ela não se importava e nunca pensaria duas vezes nas minhas intenções em relação a uma bailarina. Mas é claro, se Anahita estivesse lá, ela teria feito uma história para contar a Pantea.

Mais tarde naquela noite, depois de pensar na Pantea e no bailarino, fiquei triste. Meus pensamentos eram sobre Pantea, ela era a única que eu queria na minha vida. Anassia me viu pensando e notou a tristeza. "Vamos, Alborz, anime-se!"

Eu aprendi, "Sim, estou perdendo alguém." Fomos para um canto tranquilo para conversar.

"Krystia não gostava que você falasse com o bailarino, não importava qual fosse a razão. Krystia quer ter uma relação mais longa com você e pegar o número de uma garota a aborrece."

"Minhas razões eram simples. Eu não tinha nenhuma outra intenção. Eu não teria pedido abertamente o número da garota." Ela parecia preocupada, eu fui em sua direção e disse sim! Estou perdendo alguém agora, acho que sim, a levei a um canto para perguntar a ela o que acha de você?

"Anassia, estou a cair para ti. Como se sente?"

"Espera... Você quer dizer eu? Poderia ter acontecido antes de eu ter apresentado Krystia a você. Agora não está certo, apresentei-vos e somos amigos, ela é uma rapariga simpática. Ela é honesta e sincera; você só tem paciência. Tudo será bom."

"Mas os meus sentimentos são por ti, Anassia, não por Krystia. Ela é uma garota legal, sem dúvida." De qualquer forma, fui aconselhada pela Anassia a ser paciente.

Eram 2 da manhã quando voltamos à doca e fomos ao nosso quarto. Dormimos como na noite anterior sem fazer nada. Eu disse-lhe imediatamente, "Krystia eu quero-te."

Ela respondeu: "Você me pegou, eu estou com você." Eu não entendi quanto controle ela poderia ter.

No dia seguinte fomos à praia, piscina, e bebemos umas cervejas. Durante o dia, Krystia não tinha nada para beber. Eu perguntei, "Por favor, tome uma cerveja pelo bem da empresa?" Ela concordou e bebeu metade de um e partiu.

Nossa viagem finalmente terminou, e não um momento de sexo. Eu estava muito infeliz, embora houvesse algumas inclinações em relação a Krystia, eu sabia no meu coração que ela era gay. Depois de chamar novamente a atenção de Anassia, ela me informou, "O que você está dizendo? Há algum significado de controle extra e eu a conheço bem e ela não é gay." Mas eu não entendi, até que eu percebi que ela não era uma garota chamada.

Fomos para Delhi e o voo que ela segurou minha mão. Ela tentou falar comigo algumas vezes. "Eu não entendo o jeito que você fala", eu disse. Ela ficou chateada e começou a chorar para Anassia.

"Anassia, estou tentando falar inglês e, em vez de tentar me apreciar, ele está sendo rude." Ela disse ainda, "Eu não sei o que fazer." Mas também não sabia o que fazer. Fiquei muito decepcionado que nos três dias que passamos juntos, apesar de todos os presentes, dinheiro e tempo, nunca transamos.

Capítulo Nove:

Pantea Poderia Me Dar Vida E Minha Felicidade De Volta

Nós aterrámos em Deli no dia 24 de abril; foi a primeira vez que Krystia viajou comigo. Krystia precisava sorrir, mas precisava de trabalho dentário, além de trabalho de um dermatologista. Eu a informei, e Anassia concordou. Anassia também sofria de alguma dor dentária; dois dentes de sabedoria foram afetados.

No dia seguinte, marquei um encontro com o dentista de topo em Deli: O Dr. Urmi foi meu dentista há mais de quinze anos. Fui com Krystia e Anassia para explicar a situação. Foi um caso muito caro. custou-me 1600 dólares para Anassia e outros 1600 dólares para Krystia. Ambos precisavam de um trabalho extenso. Quando o Dr. Urmi terminou, a cirurgia cosmética custou mais de 5600 dólares. Foi um longo procedimento e terminou em cerca de seis semanas, ou seja, no final de maio. Krystia e eu continuamos a trocar mensagens, às vezes traduzidas para russo, mas depois da tradução o significado mudaria, então era melhor em inglês e deixá-la traduzir e entender o significado por si mesma.

Pantea e eu não estivemos em contato por vários dias, devido ao ato feio de Liya, aquele que fez Pantea acreditar que eu fiz a magia negra nela para recuperá-la na minha vida. Depois comecei a enviar-lhe apenas um emoji pela manhã, e ela respondeu com o mesmo emoji. Pelo menos, houve alguma comunicação.

No próprio mês de abril, levei Krystia ao Orient Express, um restaurante francês. Era suposto ser o lugar mais sofisticado no Taj Palace Hotel. Ela gostou do jantar romântico, enquanto Pantea nunca apreciou jantares românticos como eu gostava, como eu os amava. A Pantea aceitava-os apenas para me fazer feliz, caso contrário o romance dela era uma merda de touro, e ela acreditava que não havia nada como o amor no mundo.

Pantea diria, "Chit Bhi Meri Pat Bhi Mera" (o que significa, seja o que for que ela diga, todos os lados deveriam ser seus). No dia 29 de abril, enviei-lhe uma mensagem: "Olá! Mandei o aviso ao seu senhorio para deixar o apartamento, então terá mais dois meses. Agora, você pode ficar até 30 de junho. Vou apresentar sua demissão no dia 15 de junho, como expliquei antes."

Queria saber se ela ficava até outubro. Sua resposta me daria sua visão. Eu não queria que ela fosse mais cedo.

Ela respondeu, "Se você queria fazer isso tão cedo, por que você me disse que eu posso ficar mais tempo? Você poderia ter me dito antes que eu deveria ir no final de junho."

Meu plano foi fazê-la me mandar uma mensagem. no entanto, ela ficou chateada. "Não há problema, eu vou embora como você diz, mas eu estava tentando ir embora até setembro. Não há problema, eu vou embora quando você quiser."

Obviamente, foi maravilhoso ouvi-la. Eu só queria confirmação. ela ficaria até setembro. Eu respondi, "Não tenho problema, mas pensei que você me disse que iria para o Irã agora. Por isso, enviei um aviso ao senhorio, que pode sempre ser retirado. Posso informá-lo que estaremos de férias no dia 1 de outubro, mas o que você quer fazer? A demissão poderá ser apresentada no dia 15 de setembro e terá de a assinar antes da reunião do Conselho de Administração. Em qualquer caso, você estará arquivando sua declaração de imposto para que não haja padrões."

"Sim... Vou ao Irã esta noite, mas não para sempre. Eu disse-te que ia tratar do meu cisto. Voltarei dentro de alguns dias. Quando eu voltar, preciso de fazer uma desculpa em casa sobre algum trabalho e o que quer que seja, porque não posso chegar lá de repente, sabem disso. Mas se você não tem problema, eu posso deixar a casa até o final de agosto e nós podemos fazer a demissão até 15 de agosto, se você não se importar? Eu já avisei a casa. Permitam-me que pergunte à FRRO quanto tempo posso ficar depois de me demitir. De qualquer forma, vou deixar sua casa até o final de julho. Posso ficar na casa do Milin por um tempo, se precisar ficar."

"Não há necessidade de ficar na casa de ninguém. Você pode ficar até outubro, até a data final do visto. Se fizermos a demissão no final de agosto, o senhor poderá solicitar a renovação do visto sem qualquer obrigação da minha parte, uma vez que todas as condições da renovação já estão cumpridas. Você só tem que ir e pegar."

Ela discordou abertamente, "Não, obrigado, eu voltarei." Deixei-o em paz, o que ela quisesse.

Em todo o caso, queria que ela ficasse até outubro, na verdade era apenas para apanhar algum intercâmbio de mensagens. Como a comunicação facilitou a respiração. "Estou de acordo com o que decidir, uma vez que, de acordo com o contrato de arrendamento, precisamos de dar dois meses de antecedência, basta ter isso em mente. Você vai hoje à noite?"

"Sim", ela respondeu.

"Ok, tenha um voo seguro." Essas discussões me deram vida e eu fiquei feliz.

Confirmei que tinha retirado o aviso e atualizado o senhorio que ela iria deixar no dia 1 de outubro. Ela respondeu: "Que seja final." Ela insistiu novamente, "Eu poderia partir em agosto... se quiser? Por favor, diga ao senhorio que eu vou deixar no final de agosto. Por que guardá-lo por mais um mês?"

"Não, eu entendi mal. Eu realmente não quis dizer que você deveria ir embora no final de julho ou agosto."

Poucos minutos depois, Pantea enviou uma mensagem. "Tive uma grande briga em casa e cancelei meu voo, então não vou." Este era o meu Pantea. Ninguém a conseguia entender melhor do que eu, porém, ela também me conhecia muito bem.

Pantea pediu, "Desculpe por ficar mais tempo."

"Não se desculpe... não é um problema. Deixe que seja outubro. Eu nunca quis que você saísse mais cedo, mas entendeu mal suas mensagens. De qualquer forma, sinto muito se te pedi para ficares um pouco mais. O que aconteceu em casa, sobre o que você teve uma briga?"

Aparentemente, houve alguns problemas com os pais dela. De qualquer forma, não vou agora. Caso contrário, gostaria de perguntar se querias castanhas ou qualquer outra coisa do Irã. Por favor, pegue aqueles que são deixados aqui."

"Sim... vou pegar as nozes. Mas não estarei em Mumbai até 20 de maio, já que não tenho nenhuma razão para vir. Eu te avisarei quando eu pousar."

Ela concordou. "Estou passando por tumulto."

"Também não acho que estou feliz", respondi.

Depois recebi a confirmação do senhorio de que ela iria desocupar o apartamento no final de outubro, por isso informei Pantea. "O senhorio confirmou que você poderia sair em outubro."

Ela respondeu, "Eu não tenho nada a dizer, você se cuida. Eu não sou seu inimigo e você também não é meu inimigo. Talvez este fosse o meu destino acabar a minha vida inútil e seguir em frente. Também não estou feliz, mas cansado. Deus te abençoe."

"Obrigado, mas você nunca sente a minha falta?" Desculpe por perguntar, mas eu sempre penso em você."

Ela respondeu, "Eu também penso em ti." A última mensagem fez o meu dia, deu-me uma sensação quente dentro.

Ao longo dos próximos dias, trocámos emojis que me fizeram sentir melhor. Então, no dia 4 de maio de 2018, enviei a ela um emoji de um monte de flores. Minhas expectativas não eram altas que ela responderia positivamente, mas recebeu flores semelhantes em troca. Fez-me sorrir durante dias. Tive que mandar o dinheiro dela para maio. Eu tinha algumas depositadas na conta bancária e arranjei para que o saldo fosse entregue. Pantea confirmou o recibo. "Você precisa de mais? Se sim, avise-me."

Ela respondeu, "Obrigado. Eu não queria aceitar isso, mas não tenho nenhum."

"Deixe-me fazer as coisas do meu jeito, não precisa me agradecer. Tenho apenas um desejo antes de você partir em outubro, mas quero que você complete meu desejo em setembro, não antes."

"Quer dizer que não devo ir em setembro?" Pantea perguntou.

"Sim, eu quis dizer um dos meus desejos agora, que foi na verdade a sua promessa de ser concluída até o final de setembro antes de você partir em outubro."

Pantea respondeu, "Não sei a minha promessa, mas eu ia partir em setembro, por isso, vejamos, não faz qualquer diferença."

"Não me disse antes de 1 de outubro."

"Se eu prometer algo, farei isso. Eu nunca quebrei minhas promessas com você, eu gostaria de morrer e minha vida só termina antes de outubro."

Não sei o que houve com Pantea. ela continuou falando sobre morrer. Pantea disse novamente, "De qualquer forma, obrigado pelo dinheiro."

Eu disse, "Não, não, não... esqueça o dinheiro que eu nem enviei, foi outra pessoa que o fez."

De qualquer forma, é seu.

"Não, não, não. É de Deus, Deus enviou. Quem sou eu? Ninguém, eu sou apenas a putla de Deus (marionete). Enfim, cuide-se, por favor. É o meu pedido."

Eu estava enfrentando uma época muito ruim sem Pantea. Ela também estava enfrentando momentos ruins. na verdade, ela estava se sentindo destruída. Sua vida estava sendo virada do avesso, o que era evidente pelo fato de que ela tinha depois de vários anos decidindo se voltaria. Bastava saber que a decisão dela era difícil. Eu estava em casa com meus familiares, mas ainda estava me sentindo mal, também. Ela estava vivendo no ar. ela não sabia o que fazer. Tudo tinha acontecido por minha causa e ela estava sofrendo.

"Quero agradecer-lhe por tudo. Estou em perigo, não tenho nada, também estou sofrendo."

Ela disse, "De qualquer forma, eu não sou ninguém. Mas se houver alguma ajuda que eu possa fornecer, avise-me."

Eu disse, "Sim, você pode ajudar." Eu sabia que Pantea poderia me devolver minha felicidade por estar de volta na minha vida. Mas ela ainda estava decidida a voltar para o seu país.

Capítulo Dez:

Pantea Perdida Por Toda A Parte

Uma vez que Pantea não estava pronta a reconciliar-se e a vangloriar-se de regressar ao seu país, continuei com Krystia, que estava sempre ocupada na prática, ensaiando ou mostrando. Sempre que eu pedia para vê-la ela respondia, "Querida, vou esperar para obter a confirmação do meu trabalho. Apesar disso, quero conhecê-lo." No dia 8 de maio ela respondeu: "Meu trabalho foi cancelado, então estou zangado, com fome e quero conhecê-lo. O que você está fazendo, meu amor?"

Eu respondi, "Fui ao meu médico para o recheio e Botox."

"Eu também quero que isso seja feito..."

"Não vou fazer nenhum trabalho hoje de preenchimento ou Botox."

Eu respondi, "Então vamos juntos quando você tiver tempo." Mas eu também estava aborrecido. "Acho que precisamos falar em breve sobre nosso futuro sobre seu contrato com Anassia." Ela estava estressada sobre seu visto e queria que eu viajasse com ela fora da Índia para que ele fosse renovado. Krystia tinha um visto turístico válido por três meses. "Anassia e Gul devem obter o visto e pagar a viagem. De qualquer modo, marquei uma viagem ao Dubai no meu aniversário de 18 de maio a 23 de maio. Então, eu não estarei aqui." Eu sabia que ela estava chateada. "Querida, acho que não poderei ir buscar um visto com você, então planeje-o com seu gerente. Sinto muito, mas eu o informei bem a tempo de planejar seu visto."

No dia seguinte, no dia 9 de maio, Krystia me pressionou para ir com ela para seu visto. Ela queria que eu fosse quando eu não estivesse ligado a ela. Além disso, ela não foi capaz de me fornecer nada, incluindo sexo, e a minha mente estava presa nas memórias de Pantea e no amor persistente.

Ela disse, "Se eu for buscar um visto, ninguém vai comigo. Eu terei que ir sozinho. Sou tão pobre com o meu inglês. Não me será concedido um visto... Pensei que você queria que eu estivesse sempre com você. Pensei que teríamos uma semana maravilhosa juntos. Teremos tudo o que você desejou de mim."

Eu respondi frustrantemente, "Claro que quero que você esteja comigo sempre, mas não do jeito que está indo. Não posso estar lá com as suas restrições contratuais. Você mesmo sabe que mal me viu desde 21 de abril. Preciso de te ver todas as semanas, e não por pouco tempo. Eu quero que você e você se aproximem de mim. Então, sob esse contrato, eles são responsáveis por obter um visto para você. Se eu estiver com você por uma semana, então depois do visto você não me verá por um mês. Seria injusto, por favor, tente me entender. É melhor estar de frente com meus sentimentos agora. Não é que eu não quero que você faça trabalho. Sim. Por favor, fique ocupado, mas simultaneamente, não posso ser negligenciado." Deixei a conversa lá, porque queria que ela me fizesse esquecer Pantea.

Ela respondeu, "Você é a única pessoa na minha vida, e realmente se abriu para você. Eu te amo. Por favor, venha comigo buscar o meu visto. quando voltarmos, falarei com Anassia sobre você, para que possamos passar mais tempo juntos e eu ainda possa trabalhar."

"Ok, eu vou com você pelo visto, e obrigado por considerar meu pedido."

Ela respondeu: "Estou pensando em uma noite romântica no Sri Lanka para nós, então posso mostrar a vocês o quanto vocês são queridos comigo. Eu realmente quero passar mais tempo com você, mas agora com meu trabalho, é difícil. Se você me ajudar a renovar meu visto, prometo passar mais tempo com você." A Krystia tentou ser generosa, mas nunca gostei dessa forma de afeto. É tudo pouco natural, cheio de hipocrisia, que Pantea nunca fez comigo. Todo esse estresse me aproximou de Pantea. Senti mais saudades dela todos os dias, tanto que eu estava realmente sofrendo e isso estava me tornando mais velho e mais velho.

Eu respondi, "Sim, tenho trabalhado muito nisso. O Sri Lanka não dará mais do que um visto de três meses, o Nepal também, por mais de três meses."

Ela ainda insistia que sabia de uma garota que se renovou por seis meses no Sri Lanka, como ela sabia inglês. Eu sabia que Anassia estava por trás disso para economizar dinheiro em viagens e vistos. Mas eu estava sinceramente trabalhando para encontrar uma maneira de ela conseguir um visto turístico de seis meses.

Uma das minhas primeiras áreas de busca foi no Camboja, onde havia boas chances de conseguir seis meses, enquanto no Sri Lanka deveria ter sido antes. Conheci alguns oficiais e disse a Krystia que eu decidiria onde ir dentro de uma semana. Antes de deixar Dubai, ela me deu seus detalhes para se candidatar: endereço residencial, nome da mãe, nome do pai, etc. No entanto, eu lembrei a Krystia quanto tempo passei para conseguir que isso fosse cumprido, então ela teve que manter sua promessa, já que a vida é muito longa. Eu tinha toda a intenção de trabalhar para superar Pantea, e Krystia foi um bom começo.

Ela respondeu, "Talvez possamos nos encontrar para o café da manhã em um quarto, amanhã?"

Fiquei estupefato. "Sério, no quarto? Você está bem com isso?

"Bem, você gostaria..."

"Ok, eu vou reservar um quarto e te avisar onde. Até que horas você ficará?"

Krystia respondeu, "Não muito longe de Malvia Nagar, voltei para casa porque então tenho um emprego."

Eu confirmei, "Querida, eu te vejo no Hotel Lodhi, onde nos encontramos pela primeira vez. Encontre-me às 9h30. Está tudo bem com você? É o mais próximo que eu poderia fazer." Ela concordou.

No dia 9 de maio, era o aniversário de Nitya, namorado de Meena, e eles estavam hospedados no Hotel Lodhi Apartamento desde maio de 8 de maio. Krystia queria se encontrar na manhã do dia 10 para o café da manhã. Às tardes, ela sempre estava ocupada com ensaios, depois fazendo mostra noturnos.

Agendar café da manhã foi muito difícil, como eu tinha minha rotina além de dar desculpas em casa. A ideia de reservar um hotel por algumas horas não era do meu estilo, mas Krystia tinha suas restrições de programa de Anassia. Parece que nada disso estava funcionando, mas escolhi dar alguns meses para ver como iria.

Minha sorte foi boa, pois o aniversário de Nitya me deu uma boa desculpa. Nós nos reunimos para jantar naquela noite com a família, então, eu concordei em ver Krystia na manhã de $9°$ dia. Foi conveniente para ela no Hotel Lodhi perto de sua casa. Ela estava preparada para fazer sexo, embora eu não estivesse e não esperava fazê-lo. Quando eu cheguei, ela estava observando quando Nitya e Meena saíram do quarto enquanto nós sentávamos do lado de fora na área comum do apartamento. Quando Nitya e Meena saíram para o café da manhã, nos deu cerca de duas horas. Funcionou bem para o tempo de Krystia, pois o ensaio foi às doze, uma vez que ela nunca teve mais de duas horas para mim.

Eu pedi café da manhã para nós, e depois fomos para a sala. Começamos a fazer amor. Ela tirou as minhas roupas e eu tirei as roupas dela. Antes do clímax, ela pediu preservativo. Eu não estava carregando uma, porque sexo não estava nas cartas para mim. Era um assunto estranho para mim, uma vez que Pantea e eu nunca usámos um devido ao nosso caso a longo prazo. Krystia não queria ir sem preservativo, nem concordou com um serviço sem preservativo. Ela usou a mão em mim e os meus dedos sobre ela. Quando eu cheguei, nós lavamos. Foi o fim da linha para mim, bastante frustrante.

Quando saímos do quarto, ela segurava a minha mão, agarrando-me. Eu não estava acostumado com tal afeto de Pantea. Ela era uma garota muito sensata, e sabia como reagir em público. No fundo da minha mente, eu queria que ela fosse romântica, mas eu estava percebendo que Pantea tinha razão em agir em conformidade.

Depois que Krystia saiu de táxi, eu lhe enviei uma mensagem: "Não posso continuar assim."

Ela respondeu, "Tenho 25 anos agora e quero ser muito cuidadoso com quaisquer consequências." Fiquei quieto e não respondi.

Depois de alguns dias, nos conhecemos na JW Aerocity porque estava perto da minha casa. Levou sessenta minutos para chegar lá, então ela se atrasou. Krystia não gostou de viajar por mais de trinta minutos; ela queria que eu viesse e ficasse perto da casa dela. Isso me irritou ainda mais. Toda essa bagunça me fez pensar em Pantea. ela era maravilhosa e altruísta além de ser apaixonada e bonita. Devido ao caráter de Pantea, nunca me perguntei por que ou questionei fazer algo para ajudá-la. Ela merecia mais do que eu jamais lhe daria.

Desta vez, ela não tinha preservativo e eu expliquei, "Você deveria ter um com você." Foi rude da minha parte, então fui ao químico pegar uma camisinha que me levou mais 45 minutos. No caso de Krystia, fizemos sexo, não foi fazer amor. Perdi de fazer amor com a minha Pantea. Eu nunca poderia esquecer sua paixão, sua maneira de fazer sexo, em vez de nunca ter feito amor sempre e o tempo que ela passou comigo. Krystia teve que sair depois de meia hora, já que a maior parte do tempo juntos foi gasto na obtenção de preservativos. Claro, ela teve que ir para um show. Tenho cerca de meia hora para fazer sexo de merda, como se estivesse vindo. Até agora foi muito decepcionante para mim estar com ela, gastando dinheiro em um quarto de hotel e meu valioso tempo para me libertar, enquanto eu estava acostumado a fazer amor. Senti falta de Pantea.

Antes de Krystia sair, ela disse, "Querida, está longe demais para vir. deveríamos nos encontrar no meio." Mas eu estava apaixonado por Pantea, e ela estava decidida a voltar para o seu país. Ela não queria continuar uma relação por causa do meu erro. Aconteceu que foi bom para ela a longo prazo porque percebi que nada como Pantea estar com ela. Não gostei de nenhuma outra garota além de Pantea. No entanto, o desafio de uma menina de 25 anos continuava a chegar à minha mente.

Capítulo Onze:

Meu Julgamento Com Anahita

Pantea tinha concordado em me encontrar no dia 16 de maio, antes do meu aniversário, pois não queria perder dar-me presentes e seus desejos. Íamos jantar num restaurante ou hotel da minha escolha. Tive a oportunidade de retificar a situação, pelo menos podíamos resolvê-la sentando-a sobre uma.

Eu tive a ideia de fazer reparos com Anahita para pacificar sua raiva. Então, pedi ao Pantea o número de telefone. Ela inicialmente recusou, pedindo minhas intenções. Mas no dia seguinte ela concordou, no dia 12 de maio. Anahita não apoiou a nossa reconciliação e, como sempre, tinha um mau olho no meu gesto. Em troca, as nossas discussões não tiveram êxito.

Minha mensagem começou, "Oi Anahita. Recebi seu número de Pantea. Vamos jantar no dia 16 de maio e peço que se junte a nós. Espero que entenda que a sua presença é importante e seria ótimo se pudesse fazê-lo por favor. Regardes, Alborz."

Ela respondeu, "Olá... Estou viajando." Mas tenho certeza de que ela não estava viajando.

Eu disse, "Ok, obrigado pela resposta." Pensei que era o fim da conversa, mas ela respondeu: "Ah, sim! É seu aniversário, certo? Feliz aniversário adiantado."

Eu respondi formalmente, "Obrigado por seus desejos. Sim, é o meu aniversário. Estou certo de que me poderão ajudar um dia a resolver as questões com Pantea, como estou muito interessado em resolver. Eu não sei como explicar."

Anahita voltou como esperado, dizendo, "Estou chocado com o que aconteceu! Resumindo, os meus pontos são: 1) Comprometeu-se a si que tinha de tomar tal medida? 2) Pelo que a conheço, ela não é uma menina para se comprometer com nenhum homem. 3) Mesmo que tenha cometido ou não tenha cometido, qual era a necessidade de enviar fotografias e mensagens pessoais a alguém?"

Tudo isso era esperado dela, pois o verdadeiro incêndio foi colocado do seu lado. Eu disse, "Não consigo explicar algumas coisas que são explícitas com o tempo."

A próxima mensagem foi iniciada: "4) Você confiaria nela se ela fizesse o mesmo com você? 5) Você aconselharia sua filha ou amiga a consertar as coisas se alguém fizesse o mesmo com ela?"

Juro que a minha resposta poderia ter sido desagradável corresponder à sua personalidade, mas eu me abstive. Ela colocaria mais combustível no fogo se eu dissesse alguma coisa. Então, eu disse educadamente, "É isso que eu queria explicar."

Ela começou com a próxima pergunta, mas minha crença era se ela queria ajudar ou queria que nós consertássemos as coisas, como uma amiga que ela poderia ter feito qualquer coisa. Mas eu sabia que ela não era uma verdadeira amiga de Pantea. Ela só estava por aí para diversão, não uma amiga real necessitada, ou para proteger Pantea. Suas perguntas continuaram: "6) Precisa da minha ajuda, mas o que quer que eu lhe diga? Que você não está errado?"

Eu disse, "Sim, preciso de ajuda, e concordei que a culpa era minha."

Apesar de concordar com o meu erro e pedir ajuda, Anahita disse, "Eu a vi sofrer! E não acredito que ela vai para o Irã! Não só perdeu o seu respeito próprio, como ficou em choque."

Parecia que a palavra "respeito" que Pantea me dizia vinha de Anahita. Ainda tentei convencer Anahita a ajudar-me a pacificar Pantea, mas foi tudo em vão, pois foi ela que se tinha comprometido comigo.

Eu ainda disse, "Anahita, por favor, entenda: poucas coisas não podem ser superadas. Preciso da sua ajuda para resolver isso. Ela não deve ir. Quero que compreendam o que aconteceu e como me levou a este ponto. Eu a amava do coração. Eu ainda a amo e a amarei por toda minha vida e não a deixarei sofrer mais por causa dos meus erros. Peço-lhe, Anahita, que me ajude uma vez. Eu serei uma eterna dívida para com você, por favor."

Na minha opinião, os seus argumentos eram tendenciosos e revelaram claramente que não queria que eu e Pantea estivéssemos juntos de novo.

Anahita disse, "Se alguém ama outro, não os quebra assim. Ela não está no quadro certo, então não posso empurrá-la! Ela confiou em você e você quebrou, então deixe-o ir. Algumas coisas não podem ser desfeitas, e esta é uma delas! Cuide-se! Boa noite."

Eu respondi, "Eu sei que você está certo, mas eu quero que você me ajude a colocá-la no quadro certo, e eu não quero que você a empurre, nem eu. Sim, quebrei o coração dela, é o meu erro e tudo pode ser desfeito. Se ela não me quer, posso aceitar. Mas quero que ela fique aqui e com todos os confortos. Eu não quero que ela vá. E quero que ela fique feliz. Eu não posso vê-la em estresse. Por favor, ajude-me apenas a este ponto. Está tudo bem, eu não vou encontrá-la se ela não quiser. Desculpe por incomodá-lo, boa noite."

Ela nunca voltou, como me disse, era uma aldeia. Esperava isso de Anahita, pois conhecia sua amargura desde o primeiro dia e muitas outras reuniões. Ela sempre fez uma bagunça de tudo na nossa vida suave. Mas tentei de novo, conhecendo-a de dentro. Com que facilidade Anahita disse que o deixava ir e algumas coisas não podem ser desfeitas. Eu ainda tinha certeza de que poderia proteger Pantea e não deixá-la sofrer. Percebi que Anahita era uma marca negra na vida de Pantea. Na verdade, ela não era uma amiga, mas uma fonte de drama. Pantea nunca percebeu que Anahita não era sua verdadeira alma gêmea. Na verdade, Anahita só se divertiu com Pantea e nada mais.

Eu tinha certeza da minha perseverança e nunca falharia. No fundo da minha mente, 16 de maio seria um bom dia. Talvez convença Pantea a ficar e não voltar para o seu país. Mas eu falhei, e nós lutamos naquele dia de novo.

Parecia que ela veio no dia 16 de maio, cheia de pensamentos de Anahita.

Capítulo Doze:

Meu Plano De Aniversário De 2018

Minha família planejou uma viagem de cinco dias a Dubai, ficando no Palm Jumeirah. Antes de partir para Dubai, o meu encontro com Pantea foi no dia 16º, e eu iria com a minha família na tarde do dia 17º para ficar até o dia 21. Eu queria planejar alguns Mujra (dança indiana) e dançarinos de balé de Dubai, mas era muito caro. Então, falei com Anassia sobre partir no dia 18º e voltar no dia 21.

Anassia disse, "Tenho de verificar se tenho alguém para a Mujra."

Eu disse a ela, "Você poderia fazer Mujra, Krystia me disse."

Ela respondeu, "Na verdade, sou mais sobre Bollywood."

"Você pode enviar Krystia?"

"Sim, tenho um programa, mas tenho que mandar outra garota, já que Krystia não quer ir sozinha. Além disso, ela tem um problema linguístico. Talvez ela esteja bem se outra dançarina vier com ela porque eu vou à China amanhã. Sem opções, deixem-me tentar esta variante."

Eu disse, "Ok, mas você disse que não pode ir."

"Estou esperando uma resposta de um dos meus clientes. Eu tenho um show no dia 18 já, então se for possível mudar, eu posso vir. Mas o meu cliente disse para esperar até esta noite como depois do trabalho, ele dar-me-á uma resposta."

Eu disse a Anassia, "Ok, as datas têm que ficar iguais, porque é minha véspera de aniversário no dia 18 e o dia 19 é meu aniversário."

Ela sorriu. "Acha que não me lembro?"

Ela se lembrou, como eu prometi a ela desde 2016 que todos os meus aniversários você virá. "Sinto muito por tê-lo lembrado. Obrigado por lembrar."

Então ela disse, "Eu só estou tentando colocar outra garota no dia 18 em Deli. Estou esperando o cliente responder."

Eu disse, "Obrigado, seria o meu terceiro aniversário na fila em que vocês estiveram."

Ela disse, "Oh, Deus tão rápido. é verdade que me disse que me convidaria para todos os anos. Como vai tudo? Eu não pergunto a Krystia há muito tempo."

Eu disse, "Não devo comentar isso."

Ela estava curiosa. "Por quê? Só posso explicar algumas coisas pessoalmente e não gosto de comentar."

No dia seguinte, no dia 13 de maio, Anassia confirmou que poderia ir ao meu aniversário. Ela arranjou uma garota Mujra também, então ela me informou do preço. Eu fiz os arranjos. A menina indiana exigiu um visto para os Emirados Árabes Unidos, mas estes vistos para meninas estavam disponíveis à chegada. O visto teve de ser pedido urgentemente, e ela poderá obter um visto eletrônico em dois dias.

No dia 14, Anassia sugeriu que se solicitasse a renovação do visto de Krystia para a Índia a partir do Dubai, no domingo, uma vez que era um dia útil. Eu perguntei, "Krystia pode receber uma carta da embaixada da Ucrânia aqui que seu endereço residencial na Ucrânia é bona fide?"

Ela disse, "Pode não ser possível obter uma carta da embaixada da Ucrânia, mas eu vou chamá-los agora e perguntar."

Eu disse a ela, "Não é possível obter um visto indiano por mais de três meses para Krystia. Então, o que devemos fazer?"

Pantea enviou uma mensagem no dia 14º da DHL: Prezado Cliente, para sua remessa via DHL, AWB 1293415815, faça o upload de documentos da KYC em www.dhlindia-kyc.com. Por favor, ignore se já tiver feito.

"Desculpe perguntar", Pantea disse, "mas preciso enviar um KYC para algumas compras feitas online. Eu não sei o que enviar, como você sempre fez essas coisas por mim. Você pode fazer isso, ou me dizer o que devo enviar? Obrigado." Ela sempre dependeu de mim nos últimos anos. Eu lidei com tudo por ela em todos os aspectos.

Eu estava sempre feliz em fazer qualquer coisa por ela, como meu amor me incentivou a fazer isso. Foi emocionante tê-la perguntado, depois de tudo o que aconteceu entre nós. Pantea queria ser independente, mas eu sabia que ela ainda era tão ignorante em muitas coisas que eram obrigatórias.

Eu confirmei. "Farei amanhã, não preciso pedir desculpas. Por favor, nunca hesite em perguntar nada de mim se estou vivo. Desejo à mãe um feliz Dia das Mães. Eu te perdi, e dois dias atrás eu perdi o relógio que você me deu."

No dia 15 de maio eu estava viajando para Dehradun para visitar Gurudwara, e então retornar no mesmo dia. No dia seguinte, eu viajaria para Mumbai para jantar com Pantea. Em resposta à minha mensagem a Pantea sobre o relógio, ela respondeu: "Coisas e pessoas podem se perder, é vida."

Eu comentei, "Eu não posso me dar ao luxo de perder pessoas ou coisas."

Ela estava alta na discussão, dizendo, "Por quê? Você nunca perdeu nada na vida?"

Minha resposta foi óbvia, "Não. Nunca perdi nada na minha vida. É a minha primeira vez, mas estou certo de que o encontrarei. É enganado que também não por mim."

Mas a resposta frenética dela disse, "Não estou falando do seu relógio, leia sua mensagem. Você não disse que perdeu seu relógio. Seja como for, leva-o tão a sério, penso que o erro é meu, que respondi apenas a essa mensagem. Então, não use a palavra perdida se ela te ofende tanto. E eu realmente não tenho energia para discutir sobre tudo. Tenha um bom dia."

Eu finalmente disse, "Desculpe, parece que eu perturbei sua paz."

Mas ela continuou, "Estou de mau humor. Não se preocupe. Não tenho paz para ser perturbado. A paz é sua."

Depois de cerca de meia hora, ela me pegou. "Acredita em tal coincidência? O iPhone que me deu acabou de bater no ginásio, agora mesmo. O seu pode ser encontrado. A minha é na verdade uma grande perda."

Eu disse, "E daí? Eu vou te comprar outro amanhã. O relógio foi meu presente de aniversário dado por você, e vou contar-lhe outra história amanhã quando nos encontrarmos. Eu te disse porque era um presente de volta de aniversário. Diga-me de qual iPhone você precisa e eu posso providenciar para entregá-lo à minha casa. Isso eu te darei como presente de volta de aniversário."

Pantea disse, "Foi por isso que eu disse, que coincidência. Mas eu não disse para que você comprasse um novo. Eu disse que queria que você o fizesse? Eu sempre fiz tudo sozinho. Você nunca pediu nada de mim."

Eu respondi, "Por que você diz essas coisas? Diga-me qual você quer. Isso me salvará de ter que decidir. Caso contrário, terei que comprar de Mumbai junto com você."

Por fim, ela confirmou o iPhone 10, o último. "Vou providenciar, querida, para me entregar hoje e trazê-lo comigo amanhã como presente de volta para o meu aniversário. Pantea você é minha akka (minha deusa) e você sempre será minha akka. Eu sempre serei seu Gulle Chiragae jadu, onde quer que você esteja."

Pantea perguntou, "Onde você vai ficar amanhã?" Eu disse a ela JW Sahar perto do aeroporto.

Ela confirmou: "Eu vou jantar com você e vou sair por aí às 18h." Depois de chegar em casa, encontrei o relógio, por isso tive de lhe dizer que era o meu relógio de aniversário de sorte.

Eu estava ansioso para ver Pantea, e talvez eu pudesse convencê-la a me perdoar e ficar. Pantea nunca soube o que estava acontecendo comigo, ela estava tão chateada comigo. Mas como ela pediu, eu a encontrei no dia 16, eu estava voando para Mumbai, não importa o que aconteça. Eu não tinha ideia do que esperar, ou como ela poderia reagir. Mas foi decidido que jantaríamos juntos, e eu teria tempo para falar com ela um em um.

Eu não conseguia dormir, tudo o que eu podia pensar era ver Pantea. Eu estava tão nervoso, porque a última coisa que eu queria era celebrar meu aniversário sem Pantea. No entanto, não pude explicar à minha família, pois estávamos celebrando isso junto com Rozhan, minha esposa, desde 1977.

Capítulo Treze:

Pantea Era Firme Voltar Ao Seu País

Pantea e eu nos conhecemos como combinado no dia 16 de maio, para um jantar agradável para celebrar o meu aniversário.

Uma vez que aterrissei em Mumbai, eu enviei uma mensagem, "Eu aterrissei."

Ela respondeu: "Estou atrasado. Vou chegar lá por volta das 19h."

"Não é problema. Estarei no meu quarto."

Pantea se dirigiu. Eu a peguei da varanda para que pudéssemos ir até a sala. Começámos a falar um pouco, mas ela não estava disposta a falar abertamente. Ela parecia muito chateada. Quando chegamos à sala, ela me entregou os presentes e as cartas de desejo. Eu devolvi o gesto com seu iPhone 10. Curiosamente, eu vim a saber depois que, antes de Pantea abrir o telefone, Anahita mudou o telefone para outro e fez com que ela pagasse a quantia adicional por outro modelo. Então, Anahita jogou seu próprio jogo, fazendo um tolo de Pantea. Mas ela era a melhor alma gêmea que alguém poderia querer. Anahita não queria que ela ficasse com o telefone que lhe dei, achando que eu poderia ter colocado em algum software para ver as mensagens de Pantea.

Em poucos minutos, a discussão começou e nós brigamos novamente. Eu disse, "Você disse que olha para a sua idade, ou tem o dobro da minha idade. Temos uma diferença de apenas 25 anos. Nosso desafio era ter uma garota de 25 anos. Eu terei um."

Ela disse, "Só por causa do dinheiro."

Eu disse, "Você veio nos meus filhos, na minha irmã, e no meu trabalho também. Perguntei-te quem sou eu na tua vida? Você não pôde responder."

O comentário dela era, "Você era meu paizinho de açúcar."

Eu não gostei dessas palavras e gritei, "Você vai e encontra seu papá de açúcar. Eu não sou o teu papá de açúcar e os papais de açúcar não fazem o que tenho feito por ti."

Começamos a gritar um com o outro. As palavras que ela disse são aquelas que eu não posso expressar. "Queria que ele soubesse, assim que soubesse. O que aconteceu comigo? Nada." Ela pegou sua bolsa e saiu, chorando. "Sim, vá."

Dez minutos depois, ela ligou. "Sinto muito por perder a paciência no seu aniversário. Eu não deveria ter feito isso."

Mas esse não era o Pantea que eu sabia quem ligaria depois de lutar. Isso me surpreendeu. "Por favor, voltem... nós íamos jantar juntos."

"Não... Não vou voltar, porque não estou no meu sentido. É melhor eu não voltar. Vou à casa de Milin", respondeu Pantea. "Eu não queria falar sobre isso, mas parece que você queria."

Eu disse a ela, "Você poderia ficar até outubro, e você começou a gritar. Estou mandando suas cartas de volta e seus presentes e flores de volta. Obrigado pelo que quer que seja."

Ela estava tão brava, "Ela disse para jogar tudo fora."

"Sinto muito se fiz algo de errado com você, e agradeço-lhe muito por tudo." As minhas desculpas ajudaram.

Ela explicou, "Eu nunca quis gritar, mas aconteceu. De qualquer forma, cuide-se."

"Não jogarei os presentes fora. Você está sendo preenchido por alguém. você nunca foi assim."

Ela negou. "Não estou sendo preenchida por ninguém. Eu não deixo ninguém falar sobre meus problemas. E eu não falo muito, eu fiquei zangado e estou tão fodido. Talvez eu não conseguisse me controlar. Enfim, vamos parar, obrigado."

Eu disse, "É sempre melhor eliminar a raiva através da reunião. De qualquer forma, não irei mais para Mumbai. Eu já vim depois de dois meses."

Tudo o que eu disse estava irritado. "Então, você fica até 1 de outubro e eu continuarei enviando dinheiro como de costume para que você não tenha que levar do seu pai e ficar confortável. E não nos encontraremos até 1 de outubro para que não haja mais lutas. Por favor... Desculpe, você pode vir por cinco minutos, apenas cinco minutos? Ligue-me e eu descerei para a varanda. Se não vierem cinco minutos hoje, a próxima notícia que vão ouvir é sobre a minha morte, o resto é da vossa responsabilidade. Você mantém sua promessa de me convidar para jantar pela primeira vez? Agora, você vem, ou devo enviar um motorista para o endereço de Milin?"

Foi preciso fazer, mas ela me deu o endereço, pensando que eu queria devolver os presentes. Eu disse a ela, "Eu virei pessoalmente assim que depois do último incidente com Liya, eu não confiarei em ninguém. Então, eu mesmo estou vindo."

Ela disse, "Você virá devolver os presentes que eu comprei para você?"

"Não, eu nunca devolveria seus presentes para mim. Eles são muito preciosos para mim."

"Então por que você quer vir?"

Eu disse, "Desça, vamos sentar no carro por cinco minutos." De alguma forma, ela concordou. Deixei com os presentes dela o que eu trouxesse. Quando cheguei à casa de Milin, liguei e ela veio para fora para o carro. Sentámo-nos no carro. ela não estava se sentindo bem.

Dei-lhe pasta de dente sensigel, como sempre recebia para ela. Enquanto chorava, começou a rir quando lhe entreguei a moeda de ouro e pasta de dente. Eu perguntei, "Um papá de açúcar faria isso?"

Ela me beijou e riu gentilmente, "Eu não quis dizer o papai do açúcar, que é a maneira errada como você tomou.

Eu quis dizer que você estava me apoiando, então você é um paizinho de açúcar."

No meu coração, eu sabia que essas palavras lhe eram dadas por Anahita. Mas novamente, ela era sua alma gêmea. Ela foi a estraga da nossa relação, que Pantea nunca percebeu. Então entreguei o dinheiro dela por meio mês.

Pantea não podia acreditar que, mesmo depois das suas palavras cruéis, eu ainda lhe dei dinheiro. Mas nunca quis que minha Pantea sofresse na vida dela, como a amava do coração. E se ela não fosse minha? E se ela brigasse comigo? E se ela me disse algumas palavras desagradáveis? Eu a amava através e através e não a deixaria sofrer. Pantea era tudo para mim e eu nunca a veria em perigo. Então ela me abraçou e partiu, atordoada. Me fez sentir feliz em dar a ela tudo o que eu queria.

Foi bom conhecer Pantea e finalmente fazê-la rir. Enviei-lhe uma mensagem a caminho do hotel. "Muito obrigado. Se você não tivesse vindo, eu quase morreria. Você me deu vida, cuidado, meri jaan (minha vida). Por favor, vá ao médico em breve."

Ela respondeu, "Obrigado também."

Eu disse, "Espero que você não se importe com as minhas mensagens, o que quer que eu diga realmente veio do meu coração." Estas foram algumas palavras que escrevi para ela que entreguei juntamente com o dinheiro do bolso. "É que o tempo mostrará meu verdadeiro compromisso com você onde quer que você viva."

Ela respondeu bem, "Não, não me importava, você também tem o direito de me dizer o que você sente."

Eu disse, "Estou grato a você. Obrigado, eu não gosto que você chore. Você me fez sentir culpado por chorar, e se eu fosse um homem fraco eu também teria chorado. Queria que esperasse que minha bomba acontecesse. De qualquer forma, mesmo que você vá, eu vou informá-lo." A bomba foi o meu caso pendente no Supremo Tribunal pelo dinheiro que o governo me devia nos últimos 25 anos.

Ela disse, "Está tudo bem, estes dias também vão passar. Obrigado, querida, eu realmente não espero mais nada de você. Juro pela minha mãe que já fez o suficiente. Deus te abençoe. E eu vou rezar para que sua bomba aconteça por sua felicidade." Pantea estava cansada do que tinha acontecido e só queria voltar para seu país. Mas ela odiava ficar em seu país, embora ela fosse inflexível para voltar.

Quando voltei para o hotel, senti-me melhor depois de ver Pantea, mas a noite toda desceu pelo ralo. Eu pedi uma cerveja e tentei relaxar. Qualquer ideia de dormir estava fora da mesa, então decidi enviar uma mensagem. "Pensei que seríamos relaxados e legais para falar sobre as coisas, mas você tirou todos os meus direitos de sobrar bekheir (bom dia) e boa noite minha princesa de shehzadi etc. etc. Eu me sinto completamente quebrada e tão culpada que não consigo explicar. Espero que venha ao casamento de Radin depois de cinco anos. Promete-me e faça dela uma promessa real. A última mensagem foi 00.00 significa sim. Em todo o caso, não deixarei que viva no Irã durante mais de um ano; Eu lhe darei outra cidadania até lá."

Pantea disse, "Não, quero morar lá. No final, só deveria viver lá, obrigado. Irei ao casamento do Radin."

Eu disse, "Obrigado. Suas palavras doces são inesquecíveis. Boa noite, abençoe-te."

Ela disse, "Boa noite."

Sério, fui pela Pantea e não quis me envolver com nenhuma outra garota. Mas parecia que a tinha perdido para sempre. Minha única esperança era que ela me convidasse para o lugar dela antes de ir para o Irã.

Capítulo Quatorze:

Recebi Mensagens Adoráveis De Pantea No Meu Aniversário

Depois de voltar ao meu quarto, sentei-me e li os cartões de desejo de Pantea. O buquê de rosa vermelha foi um belo toque. Como Rozhan sabia que eu ia encontrá-la no meu aniversário, foi possível levá-los para casa comigo. Tendo em conta a reunião, era óbvio que regressaria ao Irã sem falta; nada me impediria de vê-la sempre que possível. Quando comecei a olhar para as cartas, o amor dela brilhou. Ela os tinha escrito em sua própria mão. Fiquei impressionado e expressei apreço pelas mensagens de aniversário.

Os cartões de voto disseram:

Que cada caminho seja suave para você,

Maio cada esquina te trazer surpresas felizes?

Maio todos os dias pôr um sorriso no seu rosto?

Maio todos os amigos te trazer paz e alegria?

Que consiga o que sempre desejou.

E que nunca me esqueça! Feliz aniversário!

05/19/2018

O que aconteceu com o passado?

O melhor ainda está para vir!

Desejando-lhe uma vida saudável e longa!

Feliz aniversário

05/19/2018

Que goste do seu aniversário com amigos e queridos.

E ver todos os seus adoráveis sonhos se realizarem.

Aqui está desejando que você goste deste eu especial

E depois a vida inteira.

Feliz aniversário 19/05/2018

Como memória do nosso último aniversário juntos, Pantea tinha escrito no pacote "Você é meu herói", suspirado de coração. Foi datado de 2017, com chocolates em uma bolsa vermelha em forma de coração. Este ano, a sua mensagem foi lida por Rozhan, pois a bolsa foi colada na porta da geladeira, o que sempre me lembrou de Pantea.

Eu respondi: "Obrigado..."

Ela respondeu: "Eles não são nada, você é sempre bem-vindo."

"Eu sei que estou comendo sua cabeça, mas estou lendo repetidamente o que você escreveu. A única coisa que falta é um sinal de amor, mas está tudo bem, eu sei que você nunca me amou. Obrigado pelas nozes também."

Pantea disse, "Não é uma questão de amor... Eu te amava do meu jeito. Eu adoro à minha maneira."

"Sim, eu sei que..."

Ela respondeu abruptamente, "Eu não acredito no amor como ele é. E vou amar à minha maneira. Por favor, não discuta sobre amor comigo. Não é só com você, mas toda a minha vida eu era assim. Tenho meus problemas psicológicos. Eu não acredito em tantas coisas. Talvez a vida nunca me fez acreditar. Você fez o melhor que podia fazer. Por favor, não falemos de amor. Lamento que, na minha raiva, lhe tenha perguntado o que fez por mim. Eu não sei o que dizer. As pessoas são diferentes. Talvez você nunca consiga entender como eu penso. Mas pelo menos nunca disse coisas diferentes. Eu disse o que estava pensando e como estou sempre. E, a propósito, nunca pensei que você fosse um chutiya (idiota). Eu nunca quis dizer que você é, eu te disse geralmente. Às vezes não quero dizer o que digo. Eu digo tantas coisas e o mesmo é quando eu estava também no Irã. Então... não me entenda mal, por favor."

"Agora, tenho apenas algumas horas antes do voo, então tenho que ir direto ao tribunal e depois voar para Dubai. Só vim aqui para te ver, não para lutar contigo. Devo agradecer por me fazer sentir culpado. Podemos não ser um, talvez não nos encontremos, mas estou certo de que nos perderemos sempre por qualquer razão, boa ou má, que deixou impressões. É 17 de maio e estamos juntos nessa data todos esses anos, então estou perdendo sua presença."

Pantea disse, "Está tudo bem, você comemora amanhã à noite." Enviei-lhe uma fotografia das lindas flores que ela tinha trazido que estavam agora na minha casa. Era difícil estar sem Pantea, mas as palavras dela me fizeram sentir um pouco melhor.

O meu voo para Dubai foi muito bem. Depois que aterrissei, Anassia me informou que a garota indiana que deveria vir para minha celebração não poderia fazê-lo, como sua mãe não aprovou. Ela fez uma desculpa para não se sentir bem. Assim, todos os custos de visto, cancelamentos de voo, etc. foram para o lixo.

Anassia se intensificou e concordou em fazer a Mujra Indiana cobrir a perda. De qualquer forma, eles vieram para representar, não para mim, e eu não ia encontrar Krystia. Além disso, era meu aniversário e eu queria que Pantea estivesse comigo e ninguém mais. Eu estava triste por dentro, mas não podia deixar ninguém ver meus verdadeiros sentimentos. Eu não tinha ideia de quanto tempo passaria até que nos veríamos novamente, mas ela ajudou a aliviar a dor enviando boas mensagens, o que me acalmou um pouco. Foi sobretudo a surpresa das mensagens que as tornaram tão especiais.

Os hóspedes de Rajan tinham vindo a negócios: ele gostava da garota que vinha, mas ela era horrível, como a minha escolha era Pantea. Os dançarinos não foram autorizados a entrar e ficaram em uma vila lá atrás. Eu recebi a ajuda de outro colega de convidados de negócios de Rajan para pegá-los de seu apartamento. Nessa altura, chegámos às 21h30. Era o 18° e os dançarinos de balé só se apresentavam no dia 19, meu aniversário. Começaram por volta das 22h. Durante a dança, recebi uma mensagem inacreditável de Pantea. Isso alterou completamente minha atenção e meu humor para um humor feliz e alegre.

A mensagem dizia:

"Tivemos alguns tempos maus, bons, zangados, emocionais, absolutamente loucos juntos. No seu aniversário, só quero dizer que a vida tem sido uma jornada de alegria porque eu estava sempre montando um pilão com você. Nunca tive que me preocupar nas situações mais difíceis, porque sabia que você estaria sempre lá para me proteger e me vigiar. Obrigado por estarem lá e desejos calorosos no seu aniversário de que vocês se tornam saudáveis fisicamente, são equilibrados emocionalmente, permanecem sãos financeiramente, e vivem felizes e bem sucedidos através da eternidade. Feliz aniversário, tenha um grande ano pela frente, herói."

Alguns segundos depois, as lágrimas derrubaram minhas bochechas, tornando difícil de ler. Não pude parar a minha excitação com a mensagem. Eu me senti tão bem quanto Pantea tocou meu coração. Eu sabia muito bem, o que quer que ela dissesse ou fizesse por mim seria do seu coração, porque ela não era uma garota artificial. Ela era uma espécie diferente.

Eu expressei a ela meus sentimentos. Ela disse, "Eu não queria lágrimas em seus olhos, seja feliz que é seu aniversário." Ela não entendeu que eram lágrimas de alegria.

A maior parte da mensagem dela dizia que eu era seu herói novamente, algo que ela não tinha dito em muitos meses. Eu estava pensando tantas vezes, seu herói se tornou zero. Ela me encorajou e respondeu: "Você continuará sendo um herói para sempre."

Ela tocou meu corpo interior. me deu arrepios. Algum tempo depois, houve uma chamada perdida dela. Eu ia ligar de volta, mas ela disse que ligou por engano.Eu disse: "Uau! Foi um erro adorável, se eu ligar, obrigado, meu........alllll, você me animou também, simultaneamente você é mágica, agora é a hora certa em que eu nasci às 00h15."

Ela disse, "Feliz aniversário."

Eu disse, "Obrigado. Você é tão doce, lendo sua mensagem, novamente, e novamente, ela realmente veio de seu coração tocando meu coração profundamente. Posso dizer algo, por favor?"

Ela disse para ir em frente. "Mesmo que não nos conheçamos e mesmo quando você estiver longe, quero que você sempre leve um pilão comigo, pois sempre serei um chamado para você. Você estará em meu coração para sempre. Você ainda não precisa se preocupar mesmo nas situações mais difíceis, pois eu sempre estarei lá para protegê-lo de todas as direções e sempre estarei ao seu lado para protegê-lo. Eu vou ficar o mesmo e estarei lá para você, garanto-lhe isso. Salve esta mensagem nas suas notas da iCloud e se alguma vez sentir que estou a ir embora ou a afastar-me deste compromisso, basta-me transmitir esta mensagem para me lembrar dizendo que o meu herói, o meu Gulle chiragae jaadu, preciso que o faças e tal."

Ela começou a chorar e me enviou uma foto de seu choro. "Agora você me tem em lágrimas, graças meri jaan (minha vida), você fez o suficiente, e eu pedirei uma bênção para você de Deus a minha vida inteira. E eu também estou lá para você, se eu puder fazer qualquer coisa por você. Sei que me disse que não fiz nada por você, mas tentei o meu melhor e fiz o que pude. E se eu te chamasse de "docinho", sinto muito, só fiquei zangado. Você poderia entender que eu não quis dizer isso, pois ninguém passa tanto tempo com um papai do açúcar, incluindo seus aniversários e o Dia dos Namorados, e eu confiei em você mais do que qualquer um na vida, pois toda minha vida estava em sua mão em um país estrangeiro..para que isso pudesse dizer muito. De qualquer forma, não somos pessoas más...as coisas podem dar errado na vida e às vezes na forma como você nunca planejou isso. Devíamos aceitá-lo. parece que minha vida foi cheia de altos e baixos e acho que acabei com minha vida. Talvez eu tenha me tornado fraco."

Era agora meia-noite do dia 19 e a Mujra Indiana estava acontecendo. Fiquei feliz em compartilhar todos os meus pensamentos desde o dia 18º. Então, dei muitas dicas às dançantes para suas compras no dia seguinte.

Continuei a fazer mensagens com a Pantea, "Sim, compreendo que tudo o que disseste foi irritado. Também disse tantas coisas que não deveria ter dito. Não seja fraco, por favor... Estou usando a camiseta que você me deu. Parece tão legal, até Rozhan disse que está muito bem e ela sabe que você me deu no dia 16 de maio." Na tarde seguinte, enviei uma mensagem a Pantea dizendo, "Olá!"

Ela prontamente respondeu, "Eu estava pensando em você e você enviou esta mensagem para mim."

Eu disse, "Espero que você tenha ido ao médico para sua tosse, já que não estava bem no dia 16. Por favor, passe todo seu estresse e se preocupe comigo, deixe-me cuidar deles." Eu a conhecia, ela não devia ter ido ao médico.

"Eu não fui ao médico, mas a tosse é melhor, eu posso ir."

Krystia e Anassia partiram no dia 21, mas, como sempre, Anassia teve um problema em fazer a verificação do voo devido à sua própria razão estúpida. Ela teve de comprar um novo bilhete e eu tive de compensar, mas estava tudo bem. Fiquei muito satisfeito com a troca de mensagens com Pantea.

Capítulo Quinze:

Eu Me Mudei Avancei Frente Com Krystia

A comunicação entre Pantea e eu continuava, no entanto, as lacunas eram muito grandes, pois não queria incomodá-la. Havia desculpas para mandá-la, e usei a palavra "querido" para começar o texto.

Na primeira vez, perguntei se chamá-la de querida estava bem. Ela respondeu, "Não me importo, mas por que você está perguntando?"

Eu estava relutante em dizer qualquer coisa. "Eu não queria ofendê-lo." Parece que ela não se importou com o gesto. "Por favor, não deposite dinheiro na sua conta por um cartão de crédito. Irei depositá-lo a partir daqui, pois tenho de vos dar o dinheiro do bolso de julho."

Felizmente, ela respondeu, "É tão interessante, há apenas cinco minutos eu estava a pensar no meu cartão de crédito, por isso é melhor que não o utilize, pois caso contrário terei de depositar dinheiro no banco. E aqui veio sua mensagem."

Eu diria a ela que temos algumas conexões reais profundas, que só Deus sabe. Mas a reação da parte dela seria negativa. Algum dia, eu vou dizer a ela, só para dizer, como você está? Em vez disso, mantive-a simples: "Oi.. tantas vezes, quero dizer que sinto sua falta, mas estou com medo." Ela não respondeu. Então, eu escreveria, "Querida, você sempre me deu poder e força ao longo de todo esse tempo, muito obrigado."

A resposta dela, "Graças a você também."

Um dia eu disse, "Pantea, você me fez realmente desejar seu valor, e eu tenho lido as duas mensagens que você me enviou no meu aniversário várias vezes. Você me fez perceber o meu erro. Abençoe-o, como essas mensagens vieram do seu coração."

"Alborz, eu não tenho valor, eu sou uma garota inútil que não fez nada em sua vida... Eu não quero discutir e falar sobre isso de novo. Talvez um dia eu possa te explicar em paz, não enquanto estiver numa luta. Só sei que fiz o meu melhor. Eu não poderia ser mais do que eu era. Mais do que isso não sou eu, e não posso. Não só, mas eu não poderia estar com meu namorado também na minha juventude e não poderia fazer no futuro também. Todos são diferentes, e as pessoas não podem ser iguais. Mas nunca me comportei de forma diferente ou prometi algo fora do meu caminho, fui honesto com quem estava na minha vida. Faço o máximo que posso. Isso eu posso dizer. De qualquer forma, vamos deixar isso por enquanto."

Eu confirmei, "Sim, eu percebo, sim, eu sinto tanto a sua falta, o que não pode ser expresso em palavras"

Depois de um dia ou dois, enviei-lhe outra mensagem: "Oi Shahzadi, como você está?" Eu disse isso como eu costumava chamá-la de Shahzadi, o que significa princesa.

Ela respondeu: "Estou bem." Pantea nunca diria que estou bem, ela sempre disse que sou boa e que me ensinou a ser positiva. Eu sempre digo que sou bom.

Eu respondi, "Você é uma princesa e sempre será uma princesa."

Ela disse, "A Princesa acabou..."

"Na, Meri Jaan ho tum, aur rahogee hamesha jaha Bhee raho gi (Não, você é minha vida e você vai ficar minha vida inteira, onde quer que você fique ou viva)." No dia seguinte, enviei-lhe uma mensagem, "A VERSACE oferece até 40% de desconto na sua coleção exclusiva de Verão de primavera de 18! A partir de 1 de junho de 2018, sexta-feira. Visite DLF Emporio, Nova Deli. Ligue para + 91 11 48970000. Venha fazer compras, meu presente."

Ela disse, "Obrigado, mas eu não quero."

"Eu sei que não quer, mas و متهوستیقعل فوز من م.س هیش ه درزنگـی ام هر جاکـه هیتی، هیش ه درتمام عمربه من جان می گیرمتا ز هلیکـه می هرم. متبـه حاللحظات دوست داشتنی درزنگـی داشت های کهای م های عهق ربر روقعلب منگذاشتند شا هزاده خلم، هیش ه من هزاده وقصرفوقلعاده اشا(em inglês, isto diz Oi, eu ainda te amo e sempre te amarei enquanto eu viver, onde quer que você fique, sempre estarei lá para você pelo resto da minha vida. Tivemos momentos encantadores na vida que deixaram profundas impressões no meu coração. você é uma princesa, e sempre será minha princesa). Eu não sei se a tradução transmitiu o que eu queria dizer."

Ela confirmou, "Sim, fazia sentido, mas eu não tenho nada a dizer."

Eu disse, "Você não precisa dizer nada." Eu continuei, "Sua boa resposta em nada para dizer é suficientemente boa. Eu agradeço, abençoo-te, fique sempre feliz. Ter meu jantar de aniversário com você seria bom, falar pacificamente e não discutir nada da mesma natureza. Às vezes, quando você quiser, e em qualquer lugar que você quiser, mas talvez Jodhpur ou Dubai?"

Pantea ficou chateada com as minhas mensagens e me demitiu, "Eu realmente não consigo entender o que você está esperando de mim. Toda vez que você diz algo novo. Por favor, diga a verdade, pois não consigo entendê-lo. Eu acho que você estava certo sobre tudo quando nos conhecemos da última vez. E o jantar de aniversário acabou, como você acredita que as coisas deveriam ser feitas no dia exato. Eu acho que você não pode ter certeza sobre si mesmo ou sobre tudo que você está me dizendo e me pedindo para jantar. As coisas correram mal entre nós e eu não posso estar à altura das vossas expectativas. Se ainda pensa que precisa de mudar de opinião sobre as coisas que está a fazer por mim, então não o deixo.

"Agora, por favor, seja honesto e me avise. E não estou interessado em discutir e lutar de novo e de novo. Não somos crianças. Eu realmente não consigo entender, você está fazendo coisas e me dizendo coisas e então você está confuso. Eu só tenho um pedido, eu não pedi nada a você, mas o momento de deixar a casa, você mesmo me disse tudo que queria fazer, mas você mudou de ideia? Então, por favor, não me confunda com todas essas mensagens. Eu não sei por que está acontecendo, enquanto você se livrou de mim e de tudo comigo da última vez. Eu juro que tenho tanto para pensar, eu realmente não consigo resolver mais um enigma. Obrigado, mas você está me fazendo viver em maravilha e tensão."

Pantea entendeu errado, pensando que estou fazendo tudo por ela com expectativas de que ela me pagasse, me encontrando por transar com ela. Eu não tinha tais intenções. minhas intenções eram do coração. Eu nunca quis que ela sofresse, mas ela estava errada. Mas ainda esclareci: "Não sei por que você me entendeu mal. Ok, meu jantar de aniversário acabou, esquecido. Não quero lutar de todo. Não estou mudando de ideia sobre as coisas que estou fazendo por você. Eu não mudei de ideia sobre deixar a casa. Este não é um enigma que você precisa resolver. Devo pedir desculpa, embora não tenha falado de nada na forma como o levou. Desculpe por incomodá-lo, juro que não quero que você viva em maravilha e tensão. Sinto muito, realmente. Eu não sabia que minha mensagem levaria a tanta tensão para você."

Ela respondeu, "Não, porque você está dizendo algo e fazendo outra coisa. Então, estou ficando confuso, você não precisa se desculpar."

Eu ainda esclareci, "Não sei por que você se sente assim. Não há dúvida de que quero que seja meu, mas não estou fazendo nada por você com qualquer motivo egoísta. Estou fazendo isso com meu coração porque sei que você nunca mais voltará para mim."

Ela demitiu-se, "Eu não quero e não posso ser para alguém. Ninguém pode dizer que sou deles, porque eu não digo a ninguém. Eu não sou seu e não acredito em ser para outra pessoa, não importa quem. Eu sou meu! E você sabe que eu sou assim... Então você mesmo disse no dia em que estava agindo contra mim. Você sabia que eu iria embora, foi isso que me disse da última vez, então você fez isso sabiamente. E nenhum homem pode dizer que sou seu neste mundo."

Pantea continuou, "Eu disse a vocês, se eu acreditasse em ser para alguém agora, eu teria uma família e filhos. E desde o primeiro dia, eu fiquei claro com tudo isso, então por favor, não use essas palavras com uma garota como eu. Tudo isso aconteceu porque você queria que eu fosse especificamente seu, o que eu não posso ser. Eu não serei para você, nem para qualquer outro homem. Não sou propriedade; Eu gosto de ficar sozinho. E é por isso que vivi do jeito que estou vivendo. Caso contrário, preferiria morrer. Todo mundo tem sua própria maneira de pensar, certo? As pessoas não são iguais. Eu não quero ter alguém e alguém para me possuir."

Foi o último dia de maio. Concordei com o que ela tinha dito e pedi-lhe perdão, o que ela confirmou. "Eu já perdoei você." Minha última mensagem do mês foi "obrigado".

Dois dias depois, sonhei com algo e lhe enviei uma mensagem, "Querida minha, um super poder que Deus entrou nos meus sonhos ontem à noite. Nós dois estávamos sentados e um super poder que Deus estava na nossa frente. Ele teve um fogo sagrado em sua mão e disse a nós dois para colocar todas as nossas reclamações, queixas, e nosso incômodo entre nós no fogo sagrado queimando. Ambos concordamos e colocamos tudo no fogo sagrado. Ele nos abençoou juntos. Vamos fazer o que o super poder que Deus desejava, já que eu sinto que era real. Podemos voltar juntos e será certamente um momento feliz para vir."

Ainda a aborreceu. "Eu não quero discutir isso de novo. Agora, como parece, você não está recebendo meus pontos nas mensagens. Não consigo explicar tanto, é difícil escrever...talvez um dia vamos falar sobre isso."

Eu confirmei, "Ok, vamos falar sobre isso um dia, obrigado."

Ela disse, "Só não sei porque é que estás sempre a mudar de ideias. vamos conversar, ok? Mas qual é o objetivo? Vamos lutar de novo. Eu não mudei de ideia porque não estou brincando, é minha vida. Então, não posso sentar e mudar de ideia a cada segundo dia. Eu não fiz nada na minha vida. Eu percebi tantas coisas, e só quero sair disso. A única maneira é voltar e aceitar o meu destino. Sim, não estou tão feliz em voltar, mas não vou ficar feliz aqui. Por favor, pense bem se sua mente está mudando a cada segundo dia, então não me deixe confuso também. Não posso viver em tensão e confusão. Obrigado, de qualquer forma, se você tem alguma dúvida nós podemos conversar. Mas tenha certeza de que não ficará mais feliz comigo. Não sou eu que você precisa."

Eu confirmei, "Tenho certeza, e minha mente não está mais mudando. Eu não vou te dar mais nenhuma tensão, nem vou confundi-lo. Não tenho dúvidas. Mas uma coisa é certa, você é a única que pode me fazer feliz. Você é o único, você pode levar seu tempo para decidir."

Ela repetiu, "Não, não preciso de tempo para decidir. Já vos disse a minha decisão, porque tenho as minhas próprias razões. Quero seguir em frente e ir, como não posso ser como antes e não posso me forçar. Foi por isso que eu disse que parece que você não conseguiu meus pontos. Estou num estado muito fodido. Talvez você nunca consiga entender, e eu acredito firmemente que não posso ser para ninguém. Eu não quero viver mais como eu vivia. Estou cansado de tudo.

"Tudo o que aconteceu me fez perceber tantas coisas. Eu não deveria ter escolhido este modo de vida. E sim. Estou a pensar tenso em tudo isto todos os dias. Eu preciso gerenciar tanto. Então, por favor, não me conte a cada segundo dia sobre isso. Mais uma vez, estou a dizer-vos que se pensam no que estão a fazer por mim, não têm de o fazer. Por favor, diga-me claramente, obrigado. Você me chamou de bacha (criança). Então, você acha que estou agindo como baccha e depois de alguns dias vou me acalmar. Eu não sou um bacha. Eu sou inocente e não sou um Harami (pecador), então por favor não pense que eu sou um baccha."

Pantea continuou, "Eu também tenho alguns pontos e ideias na vida, assim como vocês tinham alguns pontos. Não vamos lutar, por favor. Eu realmente não aguento mais discutir. Talvez a razão pela qual estou morrendo neste apartamento é fazer você pensar assim às vezes. Então, eu perguntei-te honestamente apenas daquela vez. Não sei por que estamos discutindo repetidamente. O que quer que eu faça? Diga-me. Devo morrer? Eu poderia até morrer, estou tão cansado."

Parecia que ela estava cheia de si mesma e ainda continuava, "Nós conversamos sobre tudo. Depois de alguns dias que você me mandou mensagens, você quer que eu seja seu. Eu respondi isso. E mesmo a partir do primeiro dia não tínhamos nenhum tópico de ser para alguém, Eu? Então, por que você está esperando tal coisa? E mesmo que o faça, eu respondi. Mais uma vez, está a enviar-me uma mensagem. O que devo fazer? Por favor, você fez o que queria fazer. Você quer fazer mais, por favor. Se eu pudesse ficar aqui para ser independente, eu ficaria, mas infelizmente minha vida não está nas minhas mãos. Então agora preciso arrumar minhas malas e me foder daqui, já que não tenho nada. De qualquer forma, obrigado a vocês e, por favor, não vamos discutir. Quando eu quiser falar sobre isso, eu vou dizer a vocês e a mim que está ficando hiper que não está no meu controle."

Eu desisti. "Eu não vou discutir, eu juro. Eu tive o sonho, então eu te disse. Não estou fazendo nada por você com qualquer interesse meu. Eu juro, só acredite em mim pelo menos nessa extensão. E não fale sobre deixar seu apartamento de novo, por favor, eu imploro. Eu não enviei uma mensagem para incomodá-lo. Eu não vou mais enviar nenhuma mensagem agora."

Então ela educadamente disse, "Você não está me incomodando e você pode enviar uma mensagem, eu não tenho problema. Eu não tenho nada contra você e você será especial para mim sempre. Mas não fale sobre tudo isso, por favor, está me deixando nervoso. Obrigado, quero dizer que você pode."

Eu disse, "Ok, eu virei a Mumbai no meio de julho com seu dinheiro de bolso até agosto."

Ela disse, "Você não precisa vir por isso, por favor."

Eu disse, "Cala a boca", como sempre dissemos isso um ao outro, e ela sempre dizia calar a boca enquanto sorria.

Não queria enviar-lhe mais mensagens, pois parecia que ela estava a ficar perturbada. A última coisa que queria era chatear Pantea pior do que já tinha feito. Então, continuei com Krystia, mas ela estava ocupada em seus ensaios ou shows.

Capítulo Dezasseis:

Outro Doutor Manzi

No dia 3 de junho, Krystia finalmente lidou com seu visto e voou para Katmandu. Ela teve que cuidar disso na primeira semana e me implorou para vir junto. Desde que eu recusei, ela fez Anassia ir com ela. De fato, Anassia usou para ter férias em Katmandu. Krystia me pediu para comprar dois bilhetes de ida e volta e arrumar um hotel. Eu fiz isso. Até paguei a taxa de visto dela e dei dinheiro extra para comer e comprar. Levou algum tempo, mas ela finalmente conseguiu um visto de três meses. Mais tarde, Krystia aprendeu que Anassia a usou para tirar férias. Em troca, Anassia entrou em pânico cerca de um dia para voltar, e mudou o voo. ela comprou um bilhete extra pelo qual eu paguei de novo.

Por volta de 1 de junho, a Dra. Manzi enviou uma mensagem, "Como você está?"

"Estou bem, gostaria de jantar?" Nos conhecemos no dia 3 de junho, para uma refeição precoce e comemos uma refeição rápida em cerca de duas horas. Ela saiu por volta das 21h.

Ela perguntou, "Vamos nos encontrar amanhã para o almoço? Posso passar algumas horas com você."

Eu disse, "Eu prefiro estar num quarto do que ao ar livre." Ela concordou relutantemente.

Nos conhecemos por volta das 14 horas e conversamos sobre seus filhos, vida, trabalho, etc., por cerca de 4 horas. Quando estávamos na porta da sala, ela me deu um beijo apaixonado. Nosso encontro avançou para trocar mensagens, e depois nos encontramos novamente no dia 7 de junho em um hotel, e ela me beijou uma vez como na última vez. Eu respondi, "Já nos conhecemos o suficiente, nos conhecemos, vamos nos encontrar por uma noite."

Ela disse, "Eu vou a Goa com os meus filhos, você pode vir e nós vamos tomar cerveja juntos."

Eu disse, "Mas então ficaremos juntos em uma sala e seus filhos em outra sala."

Ela disse, "Eu tenho filhos, por isso não posso ficar a noite toda. Sim, encontrarei você à noite. Vamos discutir isso amanhã."

Durante os próximos dias, enviámos mensagens, mas não chegámos a acordo sobre a reunião à noite. Entretanto,

Krystia também tinha regressado com o seu visto válido até 5 de setembro.

Na manhã de 11 de junho, Krystia escreveu: "Bom dia, querida... O que você está fazendo?"

"Estou me exercitando, fale mais tarde."

Ela perguntou, "Depois do exercício, o que vem depois?"

Eu disse, "Depois disso, meu tratamento de água e depois o café da manhã."

Ela respondeu, "Bem, isso vai lhe dar um bom apetite."

"Obrigado..." Eu disse.

"Eu te amo, qual é o seu plano hoje?"

Eu pausei por um momento. "Nada demais, mas duvido que me ame. Você está me usando e eu não gosto de ser usado. Estou muito chateado por você não ter tempo para mim. Acabaste de passar tempo comigo. Tudo bem, seu amor não deve ser por palavras, deve ser expressivo e mostrado quando nos encontramos. Eu sugeriria que não nos encontrássemos."

Krystia respondeu: "Está falando sério agora?? Como posso usá-lo se tenho sentimentos por você? Eu trabalho, é normal para mim. Não podemos sempre encontrar-nos. Eu estava no Nepal, e agora estou no trabalho. Mas o tempo todo fiquei chateado que você não estava comigo no Nepal."

Eu respondi, "Estou falando sério, sim você trabalha, tudo bem, você deveria trabalhar."

Ela ficou chateada. "Você estava interessado no começo, e depois que transou, você não me quer mais."

"Só nos conhecemos por duas horas, e não sinto nenhum amor de você. É por isso que não estou feliz."

Krystia continuou, "Eu acreditei em você, confiei em você, por que está me machucando? Você está machucando meu coração."

Eu disse, "Você só quer que eu faça sexo com você e vá embora. Esse tipo de sexo que eu não quero. Quero amor de você, que não vem de dentro de você. Eu quero amor real e não apenas sexo. Você deveria saber como me fazer feliz se me ama. Também estou magoado pelo seu comportamento em geral. Não estou machucando seu coração. Estou dizendo a verdade. você sabe a verdade. Eu não digo coisas, eu mantenho silêncio, mas não posso continuar como está acontecendo."

Krystia disse, "Você realmente me aborreceu. Você sabe que eu tenho um problema linguístico e não consigo escrever bem meus sentimentos. Eu realmente te amo e quero estar com você. Estou com você sempre que posso. Eu passo o tempo com você que recebo. Dizendo tudo isso você me quebra o coração."

Eu finalmente disse, "Eu queria fazer tudo por você na vida, mas não desta maneira. Temos de esclarecer apenas nesta fase. Não vou partir seu coração. Estou esclarecendo que não pode continuar assim. Temos de corrigir o nosso mal-entendido e os problemas agora, para que não nos entendamos mal. É hora, e eu não quero sexo de você. Eu quero amor real de você, de dentro, e não fique comigo como as outras garotas. O amor é sentido, não dito nas mensagens, é como você age."

Krystia repetiu, "Eu te amo muito, é difícil para mim ser uma antiguidade para os homens porque eu tinha relações passadas complicadas. Eu confiei em você e apreciei o tempo que passamos juntos. É muito doloroso para mim agora, eu realmente tenho sentimentos por você. São sentimentos sérios, você é um homem importante na minha vida. Eu não preciso de mais ninguém, e eu realmente sinto sua falta quando você não está por perto."

Eu respondi, "Eu também tive uma bela relação com Pantea, mas você não pode me dar o que compartilhamos. Obrigado pelo esforço. Além disso, não posso renovar seu visto, então o que você ainda está fazendo comigo?"

Krystia perguntou, "O que você quer que eu faça por você?"

Eu expliquei, "Eu preciso que você me ame, mas eu não quero cometer outro erro novamente."

"Eu não entendo. Quer dizer o que você tinha na sua relação anterior? O que eu não te dou?"

Eu expliquei novamente, "Eu tinha uma relação muito, muito próxima com Pantea. Ela esteve comigo por um mínimo de 48 horas por semana. Nós nos amávamos profundamente. Sempre que a queria, ela me via e fazia amor comigo sem proteção. Então ela me beijava em todo meu corpo, e me mordia. Você não sabe fazer amor porque não me ama. Você só quer vir e me fazer ir embora, o que não é amor. É só sexo, nem mesmo sexo, só você quer que eu venha, lave e vá embora. Até mesmo o sexo comum seria melhor do que o que ganhei. Estou tentando ser mais claro, é o começo se formos em frente para sempre ou vivermos para sempre. Mas eu não acho que somos um bom apto um para o outro."

Krystia confirmou, "Agora farei essas coisas por você, e saberei disso e o farei. Mas estou tentando encontrar tempo, trabalho é importante para mim. Podemos encontrar-nos mais vezes de manhã, mas o sexo sem proteção não é possível. Tenho 25 anos e gosto muito da minha saúde. Eu não quero crianças agora, e sem proteção, pode haver diferentes infecções. Eu levo isso a sério."

Eu expliquei, "Como posso encontrá-lo de manhã? Então, por favor, vamos esquecer."

Krystia disse, "Você também não tem tempo para se encontrar."

"Eu posso sair da cidade, o que você não pode fazer, já que você tem algumas horas de manhã e eu não."

Krystia disse, "Eu te ouvi e realmente te amo. Você não precisa me comparar com relações passadas, eu não gosto disso. Você e Pantea estavam juntos por muito tempo e não estivemos juntos muito tempo."

"Eu também te amo, mas você não está apaixonado por mim."

Ela disse, "Não vamos jurar, você entende que além de você, não há ninguém para mim. Eu quero estar sempre com você. Agradeço-te e quero que me aprecies. Quero que acredite em mim, e entenda que não estou mentindo."

"Eu sei que..."

Krystia confirmou, "Eu ouvi-te, vou tentar fazer-te feliz, mas agora vamos ao cinema, e vamos passar mais tempo juntos. Quero ver as flores. Eu sou a garota para você... Eu realmente quero que você seja feliz. Lembro-me de todos os seus atos. Estou muito grato a você. Eu te amo muito, muito."

Eu disse, "Você deve tentar viajar para fora da estação por um dia."

Ela disse, "Ok, ok, eu vou."

Eu respondi, "Eu gosto de ser organizado, então por favor tente planejar antecipadamente."

Ela disse, "Então eu preciso saber o dia para que eu possa planejar e avisá-lo. Meu amor, até que horas funciona o médico do recheio de beleza?"

Na verdade, sem me conhecer, Krystia iria fazer compras todas as semanas. Não era marca, produtos caros, mas me enviava uma foto e perguntava, "Devo comprá-la?" Tive que pagar a conta.

Mas Pantea nunca agiu assim. ela era tão decente que nunca pediria nada de mim. Ao invés disso, fui eu que sempre tive vontade de comprar os presentes dela. Sentia tanto falta de Pantea, mas ela se foi da minha vida. Para esquecer Pantea, eu estava encontrando um substituto em diferentes meninas, e no fundo eu sabia que era impossível conseguir um como Pantea. Ela era rara.

Agora Krystia queria ir para o recheio. "Que dia é a consulta do médico?"

Então eu disse, "Você escolhe um dia. O médico está lá das 9h às 17h, em Gurgaon."

Krystia teve que pedir permissão para sair de Anassia. Ela disse, "Ok, vou perguntar hoje."

Eu respondi, "De qualquer forma, tenho que marcar uma consulta. Quando você quer ir? A que horas?"

Krystia respondeu, "Amanhã de manhã." Ela só estava livre de manhã se estivesse em Delhi, caso contrário ela viajaria para diferentes cidades para apresentações.

Eu confirmei que poderíamos ir na manhã seguinte. Ela queria ir comigo, como ela queria que eu pagasse a conta. Então, ela disse, "Quero ir contigo para lhe explicar as coisas."

Eu perguntei, "Você pode ir hoje?"

Ela perguntou, "Bem, a que horas?"

"Tentei chamar o médico, mas o número dele não está funcionando."

Ela respondeu: "Ok, meu amor." Fui informado de que o médico estava fora do país e voltaria na segunda-feira seguinte, que eu lhe disse.

Depois de explicar a situação, queria esclarecer uma coisa nesta fase: "Você pode sempre conseguir uma IUD para proteção contra contracepção."

Krystia concordou abruptamente, "Ok bom, eu entendo. Eu te amo."

Na próxima segunda-feira, quando o médico voltou, perguntei a Krystia, "Onde você está hoje? Quero me encontrar."

"Tenho um ensaio às 12h30."

Eu confirmei o tratamento com Botox. "Ok, mas Anassia quer vir."

"Eu não gosto dessa ideia..."

"Então não venha", eu disse.

Cancelei o compromisso de ensinar à Krystia que eu não teria mais despesas de Anassia. Ela deve ter informado Anassia da minha decisão. Apesar de ser rude não ser da minha natureza, tive que abaixar o pé. Eu acabei levando Krystia ao médico mais tarde, pensei que depois de filler e Botox, ela ficaria comigo por duas horas. Mas, depois do enchedor, ela chorava e não estava feliz com os resultados. Ela reclamou, "Meu país é melhor, eles não causam dor. Este procedimento foi doloroso."

Eu ouvi a queixa dela e perguntei, "Você vai ficar comigo por duas horas como prometeu?"

"Tenho de trabalhar hoje." Então, ela saiu, e eu não gostei desse tipo de comportamento. Se fosse Pantea, ela nunca me deixaria perturbada. Sentia que Krystia me estava a usar e não estava satisfeito com a situação.

O Dr. Manzi finalmente me enviou uma mensagem no dia 12 de junho: "Odeio perguntar, e não gosto de fazer esse tipo de coisa, mas estou precisando muito de dinheiro."

Eu perguntei, "Quanto?"

A relatora dirigiu hesitantemente uma mensagem: "Preciso de 3000 dólares e posso devolvê-la dentro de dois meses. Será um empréstimo."

Eu concordei, "Mas não será um empréstimo."

"Ok.. obrigado." Reservei um quarto na JW Aerocity.

Ela veio à sala no dia 13 de junho, e eu tinha seu envelope financeiro pronto. Quando ela entrou, dei-lhe o envelope, e conversamos por uma hora. Compartilhamos uma cerveja e vodka.

Ela fez sexo comigo e disse: "Você não faz nada. Farei isso e ela estava comigo."

Ela pediu preservativo. Eu disse, "Você deveria ter trazido um com você, mas de qualquer forma ela fez isso."

Ela disse, "Se eu engravidar, deixarei a criança em sua casa." Eu não gostei dessas palavras. Ela desfez sexo e dormiu fora. Além disso, nunca gostei de nenhuma mulher fazer sexo e dormir bêbada.

Nessa época, eram 21 horas, mas eu não estava acostumado a esse tipo de sexo. Estava pensando em Pantea, ela estava em minha mente. Ela era perfeita em tudo, exatamente como eu desejava. Eu finalmente decidi não encontrar o Dr. Manzi de novo. Ela saiu depois de cerca de 15 minutos, e eu saí e fui para casa. Depois houve algumas trocas de mensagens, mas respondi-lhes com ligeireza e, dentro de alguns dias, ela deixou de fazer mensagens sabendo que não estava interessada nela.

Capítulo Dezassete:

A Telepatia Começou

À medida que o tempo passava, e nossa separação continuava, Pantea e eu estávamos desenvolvendo uma incrível telepatia. Confirmou a minha suspeita de que a queria com certeza e que ela também sentia a minha falta. Era aparente que, apesar de eu estar a foder outra rapariga em busca de uma rapariga melhor e a Pantea ter fugido, ainda estávamos destinados uns aos outros. Tentei muito ignorar o fato de Misa a ter fodido, apesar de ela ter negado e esclarecido o que não exigia que ela esclarecesse. Mas eu acreditava que um dia estaríamos juntos, porque eu sabia que ela me amava à sua maneira. Mas ela é uma menina teimosa e não flexível o suficiente para desistir, então a única opção em sua mente era deixar a Índia e voltar para casa para me esquecer, pois ela não era uma garota de chamada, nem eu a conheci como uma garota de chamada, mas como essas são todas histórias de ficção, para torná-las mais interessantes eu a apresentei em meus últimos dois livros como uma garota de chamada.

No dia 12 de junho, Manzi havia saído, e no meu caminho para casa, recebi uma mensagem de Pantea. "Olá herói... Espero que esteja bem? Pensei em perguntar, como você está?" Passaram-se vários dias desde que conversamos. A mensagem era psicologia reversa. Ela mandou mensagens, querendo saber como eu estava, sem admitir que sentia minha falta. Minha frustração cresceu a cada dia, e eu sabia que ela também crescia.

Fiquei tão feliz em ler a mensagem dela, "Olá Meri Jaan (minha vida). Juro ontem à noite enquanto dormia, estava a dizer a mim mesma que podia mandar-me uma mensagem para perguntar como estou. Eu não enviei mensagem como prometido, já que você me disse que minhas mensagens estavam lhe dando tensão e confusão. Como você está?"

Pantea respondeu, "Estou bem... a vida está acontecendo, como você está?"

Parei o carro e estacionei ao lado e continuei com Pantea. "Também estou bem, querida."

Ela disse, "Estou bem... Estava pensando em você e queria te mandar uma mensagem do WhatsApp."

Eu respondi, "Muito obrigado, você está sempre no meu coração."

"Você também... sempre no meu coração. Cuide-se."

Eu disse, "Querida, qualquer coisa que eu possa fazer, a qualquer momento, por favor, não hesite."

Ela disse formalmente, "Obrigado, você já fez o suficiente."

Eu respondi, "Você está sendo formal demais, Pantea. Eu não fiz nada por você. A vida é longa e sempre me lembro que farei qualquer coisa, sempre que precisar de mim."

Ela disse, "Obrigado, não estou sendo formal."

Eu expliquei, "Quero dizer que você disse que já fiz o suficiente é formal. Fique em contato, por favor. Obrigado pela mensagem de hoje, posso dizer-lhe boa noite?"

Ela disse, "Ok, boa noite."

Nossa comunicação terminou nos próximos quatro dias. No entanto, desta vez assumi a liderança e enviei-lhe uma mensagem no dia 16 de junho. Eu escrevi, "Pantea, você é a mulher mais bonita, como Cleópatra. Seus olhos encantadores, testa e face tipo lua, sorriso adorável, ouvidos esculpidos, nariz afiado e queixo, bochechas coradas, seus lábios suculentos pedem um beijo apaixonado. Suas mãos quentes chamam por segurá-los, seus pés por lambê-los, e um corpo bem formado para um abraço quente."

Traduzi esta mensagem em persa e enviei-a, mas senti que a tradução era confusa, por isso mudei-a de volta para inglês. "Acho que a mensagem traduzida foi confusa, então enviei o original também. Você merece ter coisas fabulosas e eu sempre te abençoarei."

Ela respondeu, "Sim...eu mereço!"

Eu reconfirmei, "Sim, você merece. Eu estava pensando profundamente em você."

Pantea respondeu rudemente, "Então o que devo fazer? Eu não deveria te mandar nada. Acho que perguntar como você é também é minha culpa. Eu estou sem palavras, você está pensando no que, você deve estar pensando como eu fui fodido na vida?"

Finalmente, eu disse, "Ok, sinto muito por ter te enviado mensagens."

Ela disse novamente rudemente, "Isto está acontecendo o tempo todo, não podemos ter uma conversa normal. Falando e brigando, e você diz ok, desculpe, eu não vou enviar mensagem. Se você também pensa em mim, o que posso fazer? Isso pode mudar alguma coisa? Também estou pensando em tantas coisas."

Eu acabei dizendo, "Eu não lutei, eu respondi outro dia à sua mensagem."

Ela acabou dizendo, "Ok, esqueça, querida. Não posso discutir sobre tudo."

Na verdade, Pantea não sabia o que estava dizendo ou fazendo. Ela ficou chateada comigo e reagiu de forma excentrista, mas eu ainda estou equilibrado, embora eu também estivesse sofrendo.

Ela voltou a enviar mensagens no dia 24 de junho, dizendo: "Querida... Sonhei com você ontem à noite...você estava nadando no mar e tantas coisas aconteceram. Não consigo me lembrar de tudo... espero que você esteja indo bem."

Acreditamos que nadar é uma coisa boa de se ver num sonho. Dar-lhe-ia sempre as boas-vindas. Na verdade, eu estava esperando que a mensagem dela viesse como sempre me fez sentir melhor. Eu respondi, "Sim, realmente... oi Meri Jaan (minha vida). Estou bem, obrigado. Como vai? Nadando no oceano ou no mar? Se você sonha em nadar debaixo d'água, então você pode explorar seu inconsciente, fazendo uma busca de alma ou trabalho interno, e sofrendo mudanças internas. Se permanecer à superfície, pode não estar disposto a mergulhar mais fundo no seu inconsciente."

Ela respondeu friamente, "Hmmm, ok... apenas indo...cansado de pensar e de ficar estressado. Acabei de desistir."

Eu sempre quis esticar a conversa, então eu continuei, "Sonhar em nadar no mar, ou qualquer outro corpo de água, simboliza seu estado emocional atual. Se o mar é áspero ou você está tendo problemas para nadar, então esse sonho significa que você não poderia controlar suas emoções sobre os entes queridos."

Ela respondeu friamente, "Não sei se era um mar ou um oceano." Eu pedi esclarecimentos a ela. "Mas o oceano não é, o próprio mar?"

Eu disse a ela, "Eu não sei como tirar seu estresse, mas sério, eu também tenho estado muito, muito estressado sobre tudo ao meu redor. Todas as coisas que acontecem todos os dias."

Ela perguntou, "Porquê, o que aconteceu?"

Eu respondi, "Minha irmã é uma cabra que está começando muitos casos contra mim em tantas cidades, todas mentiras, e uma falsa em Patna também agora, você pode imaginar? Apenas para extorquir dinheiro."

Isso a atormentou. "Oh Deus..."

Eu disse, "Foi você que me aconselhou a parar de pagar e lutar mais um caso. Eu lutarei contra isso, sabe."

"Mas querida, se está te estressando tanto então não lute."

Eu disse, "Mas agora eu não posso me dobrar e deixá-la fazer o que ela quiser. Eu tenho que lutar. É que continuará por vários anos, como a Índia está. Estou feliz em compartilhar isso com você."

Ela disse, "Eu não sei o que dizer... Eu queria ser um lutador como você é."

Eu disse, "Sabe, Pantea, não há mais ninguém com quem eu possa conversar."

Ela disse, "Eu não posso lutar contra você, mas estou do seu lado sempre. Qualquer coisa que precisares, por favor, avisa-me, e ao partilharmos, sentimo-nos mais leves. Então, você pode compartilhar comigo qualquer coisa que quiser."

Eu disse, "Eu não quero passar o meu fardo para vocês. Sim, eu compartilharia, mas da última vez que você me demitiu das mensagens, eu pensei que eu estava te dando mais estresse então eu parei de fazer mensagens."

Ela disse, "Querida, não é a questão de passar um fardo... você sabe tudo, você conhece minha situação, e você conhece minha vida! Estou cansado e vivendo na minha confusão. Ninguém pode me ajudar nesta situação."

Eu disse, "Eu juro que não quero te dar estresse."

Pantea disse, "Eu acho que essa é a pior coisa que alguém pode fazer comigo... estresse porque já estou me afogando no estresse. Às vezes desisto... às vezes fico louco e hoje estou recebendo ataques de pânico. Essa é a minha novidade... estou acabado, na verdade."

Eu respondi, "Eu não sei como te ajudar, embora eu queira."

Ela disse, "Não sei o que dizer."

"Pantea", eu disse, "Você não terminou. Apenas se equilibre."

Ela respondeu, "Sim, estou tentando o meu melhor... Estou tendo avarias o tempo todo, enquanto escrevo isso agora não consigo parar as lágrimas. Então, de repente, estou tentando ser positivo, mas de novo estou ficando fodido. Eu não sei, talvez se eu for, eu vou ficar equilibrado. Eu não sei."

Eu sabia que tinha feito algo errado com ela. ela não reclamaria amor para mim como sempre disse que não acredita no amor, mas me ama do seu jeito. No fundo de sua mente, ela me queria, mas quando ela se perguntava por que eu era possessiva dela quando ela me disse do primeiro dia que ela não queria entrar em nenhuma relação. Mas, com o tempo, ele havia se tornado uma relação e já havia quase seis anos. Ela queria sua liberdade de ficar, embora ela tivesse mudado completamente de outra forma, ela era uma pessoa de pássaros muito zangada, caso contrário.

"Só posso te dizer isso, Pantea que você tenta... aconselharia você a ir agora, ver como é, você ainda tem três meses e meio."

Pantea disse, "Não, não nesta mente. Se eu for lá agora, vou enlouquecer, sabe que não posso ficar em casa. Então, eu deveria ir quando eu conseguir pelo menos ficar sozinho... Eu deveria alcançar aquele último momento que eu não tenho de qualquer forma, então eu vou. Eu sei que não será o jeito que eu quero, então não adianta tentar, eu só preciso ir e queimar todas as minhas pontes, então isso será feito."

Eu finalmente disse a ela, "Eu ainda diria, pense em obter uma prorrogação de um ano de visto como eu fiz tudo, vendas, sua declaração de impostos, etc., etc."

Pantea disse, "Obrigado..."

Eu a amava e ainda queria que ela ficasse, mesmo que não estivéssemos juntos.

Capítulo Dezoito:

Os Nossos Caminhos Cruzaram-Se.....

Krystia e eu finalmente nos conhecemos em um hotel, quando era conveniente. Concordámos com o Palácio do Taj, mas não por mais de duas horas. Ela tinha escutado as minhas sugestões e me torceu. Quando chegamos, ela planejou nosso tempo com a música de balé e uma fantasia para combinar.

Quando ela ligou a música, ela se transformou em sua fantasia e dançou ao meu redor, tirando enquanto trabalhava para fazer amor/sexo. Mas, por mais que Krystia tentasse, minha mente estava em Pantea. Meu amor, minha vida. Depois de mais conversas, Krystia finalmente obteve permissão de Anassia para deixar o trabalho por um dia. Ela me informou no dia 21 de junho e disse que poderíamos ir no dia 25. Eu planejei uma viagem para Mumbai, como minha última viagem foi no dia 16 de maio, quando Pantea e eu tivemos nossa luta. Eu reservei imediatamente o voo para 25 de junho. Saímos num voo das 11h, voltando no dia seguinte.

Verificamos o Hotel JW Juhu. no entanto, a minha mente foi sempre sobre Pantea. Não gostei do tempo com

Krystia. Foi chato estar com ela, mas não tive escolha melhor. Mais tarde nessa noite, fomos a bar e à boate a saltar em Juhu e Bandra. Verifiquei cinco lugares, os listei no meu telefone e arranjei o carro. Temos o mesmo motorista velho. Ele nos levou ao redor desses bares/clubes noturnos, ficando uma hora em cada lugar, e a última escolha foi o bar esportivo às 13h.

Estávamos entrando no prédio para pegar um elevador quando vi Pantea. Meu amor pela minha vida foi sair da porta quando entramos. Nós literalmente atravessamos caminhos frente a frente. ela viu Krystia comigo e eu vi Misa com ela. Eu sabia que ela esperava que eu dissesse algo ou fizesse uma cena. Ela fez uma cara furiosa e zipou em direção à varanda. De modo algum, forma ou forma eu iria reagir a vê-la, como eu aprendi minha lição. Eu já cometi um erro, por causa do qual eu estava diante da separação. como poderia cometer outro erro?

Krystia entrou e eu segui, enquanto Misa seguia Pantea. Krystia me disse, "Ela não era sua namorada?"

Lembrei-me que Krystia tinha conhecido Pantea uma vez em Deli quando ela observou que eu estava muito ocupado com Pantea e que não me incomodava em olhar para ela. Enfim, fomos ao bar e tomamos mais bebidas. Mas eu estava nervoso, confuso em ver Pantea. Krystia e eu estávamos comentando que coincidência era. Fomos a cinco bares e no último, cruzamos caminhos. Acho que Deus queria que houvesse uma interação entre nós. O que mais poderia ser?

Sua relação com Misa se expandiu, e ela me viu com Krystia. Mas Pantea não era do tipo que me importava com quem eu estava vendo. Foi o que pensei, mas não a verdade. Ela estava preocupada, pelo que eu pude entender. No entanto, ela não discutiria nada desse gênero comigo. Os dias seguintes ficaram silenciosos entre nós, sem mensagens.

Após quatro dias, Pantea quebrou o silêncio: "Olá querida...Espero que esteja indo bem! Estou um pouco confuso acerca da virilha Versace e como transportá-la. Pensei em perguntar se quer ficar com ele, ou o que sugere fazer? Quero dizer, como posso levá-lo comigo como é delicado? Você acha que será possível trazê-lo comigo e dar para fazer check-in?"

Fiquei feliz em receber a mensagem, pois ela quebrou o silêncio com alguma desculpa, pelo menos. Eu respondi prontamente, "Olá, não está embalado? Encham-no corretamente e podem verificá-lo. Quer que eu ajude? Quando eu vir entregar a posse do apartamento no último dia, eu posso fazê-lo, porque terei que vir à sua casa. Além disso, há tantos papéis que você deve assinar para fechar a conta do Banco Canara. Há tantas coisas, eu vou juntá-las todas... para o dia 1 de outubro, certo?"

Pantea disse, "Eu sei tudo isso e farei o que você disser, porque estou enviando algumas coisas pela carga. Eu pensei em enviar os pratos dessa forma, mas também, eu não posso confiar nele. Então, eu queria perguntar se posso levá-los comigo. Você quer que eu me mude mais cedo?"

Eu disse a ela, "Você pode enviá-los por carga também se eles estiverem bem embalados. Eu não te pedi para ir embora mais cedo. Eu só perguntei se você está indo até 1 de outubro."

Ela disse, "Obrigado, mas depois de sair de casa eu posso ficar com Anahita por alguns dias e então eu partirei até o final da primeira semana de outubro."

Eu respondi, "Ok, isso depende de você, mas eu posso pagar o aluguel para outubro?"

Ela respondeu, "Querida, não faz sentido. Mas obrigado."

"Eu sugiro, é melhor levar os pratos consigo, no entanto você terá que pagar uma taxa de excesso de peso que é mais cara que a carga."

As mensagens de Pantea foram empolgantes, enquanto ela iniciou a conversa. Ela respondeu novamente, "E se você vier a Mumbai a qualquer momento, me avise. Podemos jantar em minha casa, como prometi."

Fiquei muito feliz em receber o convite e disse imediatamente, "Oh, você se lembra! Obrigado, eu virei mas terei que planejar. Talvez 1º de setembro ficasse bem?"

Ela disse, "1 de setembro já estava na minha mente para fazer algo com você. Vamos fazer isso! Isso é separado e você me avisa quando estiver tudo bem jantar em minha casa."

Eu disse entusiasmadamente: "Uau! É muito gentil da sua parte. Então em algum momento em agosto?"

Pantea disse, "Ok, então..."

Tivemos outra falha de dois dias nas nossas mensagens. Era difícil não mandá-la uma mensagem, pois eu estava ansioso. Tenho a certeza de que sentia o mesmo, uma vez que não queria dinheiro ou qualquer das suas necessidades. Eu ainda estava fornecendo tudo para ela.

Por isso, relutantemente, enviei mensagens no dia 1 de julho. "Não tenho mais nada a dizer, exceto que te amo e que sinto sua falta e sempre te amarei."

Ela tão gentilmente respondeu: "Eu também sinto sua falta...e você está na minha mente e eu sempre te amei do meu jeito."

Eu reconheci o amor dela por mim. "Sim, entendo agora, sempre me reticente em enviar mensagens, mas não pude me impedir de fazer isso hoje, pois não tenho dormido bem por muitas noites."

Ela disse, "O que posso dizer? Nunca quis ser motivo para as suas noites sem dormir. De qualquer forma, não vamos falar sobre o passado... afinal, meu destino era voltar para o meu país." Ela continuou, "Parece que vamos nos recuperar por certo algum tempo, ver você em breve, e por favor, durma bem esta noite."

Capítulo Dezanove:

Pantea Mudou Meu Nome De Maloo De Volta Para Hero

Uma vez que a situação com Pantea não mudou e ela insistia em ir para casa no Irã, fiz questão de fazer com que as coisas funcionassem com Krystia. Estar longe de Pantea foi a coisa mais difícil que eu já tinha feito. Ela era o meu coração e alma e quanto mais tempo ficávamos separados, eu sabia que ela se sentia da mesma maneira, mas não estava disposta a admitir isso para mim ainda.

Eu concordei em me encontrar com Krystia no dia 5 de julho, novamente, no Palácio Taj, mas foi apenas por duas horas. Foi a única vez que ela conseguiu. Em vez de ter uma sala para um dia inteiro, eu me reservei para apenas o dia, já que Krystia gostava de fazer sexo comigo das 11h às 13h. Os meus sentimentos por Pantea não estavam a desaparecer, e estou certo de que isso ficou patente quando passámos tempo juntos. A razão exata era pouco clara, exceto fazer amor e fazer sexo são diferentes. Meu amor por Pantea é um amor vitalício, assim como meu amor por Rozhan.

No dia seguinte, voltei para casa e tive de enviar uma mensagem à Pantea e dizer-lhe como me sentia. "Oi, eu estava sentindo tantas saudades de você."

"Graças a Deus..." ela respondeu. "Ei! Estava pensando em você... Como você está?"

Continuei, "Estou bem. Pensou em mim, foi por isso que te mandei mensagens. Como você está?"

Ela disse, "Eu também estou bem, continuando."

Eu confirmei, "Vejo você em breve..." Eu a lembrei, "Você tem que ir para Mahim." Pantea jurou a Deus que distribuiria comida aos pobres. Ela se comprometeu com 100 pessoas se minha cirurgia cardíaca fosse bem sucedida.

Ela confirmou, "Querida, eu fui e fiz isso."

"Sério? obrigado..."

Ela disse, "Sim, eu não queria mantê-lo esperando, eu fiz alguns em Mahim e alguns em Haji Ali."

Fiquei feliz que ela estava tão preocupada com a minha saúde e bem-estar, mesmo depois da nossa grande luta. Eu disse a ela, "Estou vivendo por sua causa. Foi você que me fez passar pela cirurgia de bypass."

Ela disse, "Bobagem... Quem sou eu? Ah, assim. Sim, já o fiz."

Eu disse, "Eu sempre te escuto."

Ela disse, "Pelo menos foi uma coisa boa que fiz por você."

Eu confirmei, "Eu me sinto muito ativa agora, dez vezes mais ativa do que antes. Apenas aqueles seis meses depois da ponte de safena foram difíceis."

Ela disse, "Isso é muito bom. Eu sei que você será muito melhor."

"Obrigado, minha querida, você é e sempre será minha querida."

Pantea respondeu, "Você fez muitas coisas boas para mim, mas uma ruim, de mau humor."

"Sinto muito..."

Ela disse, "Está tudo bem..."

Houve novamente uma falha de dois dias nas nossas comunicações. Às vezes, eu hesitava em mandá-la e às vezes ela relutava em me mandar uma mensagem. Então, eu a enviei uma espécie de desculpa para fazer algo, como me enviar uma cópia de um documento ou algo assim.

Ela disse, "Olá querida... tenho certeza de que vou fazer isso quando chegar em casa."

Eu diria, "Sim, sempre querida, obrigado meri Jaan."

"De nada..."

Continuei, "Quero vê-lo para jantar em sua casa depois de uma boa notícia."

Ela confirmou, "Com certeza faremos isso...diga-me quando quiser. Mas no primeiro setembro, como eu senti, encontrarmo-nos assim que o senhor assim o quiser! Mas me avise em qualquer outro momento além do jantar na minha casa. Sempre que você está aqui, talvez possamos nos atualizar. Eu não quero ir para o Irã com memórias terríveis de ficar chateado um com o outro. Me avise como quiser."

Eu disse, "Sim, 1° de setembro, vamos nos encontrar de qualquer maneira, querida. Nunca teremos memórias terríveis. são todos bons. Não estou nada aborrecido consigo, mas o senhor está, e nós vamos compensar com certeza. Sempre que eu estiver lá, eu vou te encontrar com certeza."

Pantea disse: "Obrigado."

Ela enviou algumas mensagens, mas as apagou mais tarde, então eu perguntei, "Querida, eu não entendi."

Ela esclareceu, "Eu queria enviar outra imagem da sua mensagem que você disse para manter para sempre. Por engano enviei isso, vou te contar mais tarde."

Eu disse, "Sim, eu sei que me lembro da minha mensagem, mas você envia por favor."

Ela disse, "Esqueça." Mas eu sabia qual era a mensagem, e eu a salvei também para as minhas memórias.

Então, eu mandei... "É isso, não é?" Vou guardá-lo para sempre. "Mesmo que não nos encontremos de todo e mesmo quando você estiver longe, quero que você vá sempre comigo como um pilão, já que eu sempre serei um chamado para você por toda a vida. Você nunca precisa se preocupar mesmo nas situações mais difíceis, pois eu sempre estarei lá para protegê-lo de todas as direções e sempre estarei além de você para protegê-lo. Eu vou ficar o mesmo e estarei lá para você. Garanto-vos isto. Guarde esta mensagem nas suas notas da Nuvem e se alguma vez sentir que estou a ir embora ou a fugir deste meu compromisso, basta-me transmitir esta mensagem para me lembrar dizendo ao meu herói a minha homenagem de Deus Jadu, preciso que o faças......" Agora me diga o que sua camisa de gulle Jadu pode fazer por você, meu Akka?"

Pantea não tinha exigências, ela nunca pediu nada. Mas eu queria fazer tudo por ela. Então, ela disse, "Nada... Eu só estava passando pelas minhas mensagens e vi essa mensagem."

Eu ainda disse, "Por favor, não hesite, nunca. Por favor..."

Ela tinha seus próprios pensamentos. Ela respondeu, "Eu sempre acho que te perturbei muito com meus problemas na vida. Enfim, tudo era destino."

Eu a assegurei novamente, "Eu posso fazer qualquer coisa neste mundo por você, sempre. Eu quero ficar sempre como seu herói e como seu gulle chiragae Jadu, também. Você nunca me perturbou com seus problemas porque eu sempre os tomei como meus problemas, e por toda minha vida todos os seus problemas serão meus."

Pantea respondeu com seus sentimentos genuínos, "Obrigado querida... Fiquei tão chateado que mudei seu nome no meu telefone de herói, mas agora estou pensando que o que aconteceu foi o destino de me afastar daqui... e você sempre será meu herói."

Ela me atormentou com sua mudança de nome no telefone, "Você realmente mudou meu nome? Para quê?"

Pantea disse, "Nada; Eu mantive o malooo e depois, de novo, fiz o herói." Lembrei-me que, quando conheci Pantea, ela costumava salvar vários amigos, Leela e Milin, como Maloo 1 e Maloo 2. Fiquei feliz que ela novamente me considerasse um herói.

"Obrigado, eu vou ficar para sempre, seja um amante genuíno, um herói ou uma briga de gulle Jadu, você pode sempre me mandar uma mensagem a qualquer momento."

Ela gentilmente respondeu: "Obrigado...se você ficar abençoado, eu realmente não espero nada de você, mas se eu precisar de alguma ajuda ou algo assim, eu não hesitarei."

Eu estava tão feliz que ela se sentia assim em minha direção. "Por favor, você não precisa esperar de mim, já que eu espero que eu da vida faça qualquer coisa por você a qualquer momento."

Pantea, "Obrigado meu herói..." As palavras dela trouxeram lágrimas aos meus olhos. Nunca esperei ouvir essas palavras de outra vez da mulher que amava depois de nossa separação.

No dia 10 de julho, eu ainda estava sentindo que Pantea precisava de algo, então eu lhe enviei uma mensagem primeiro de manhã. "Bom dia, tenho a sensação de que precisas que eu faça alguma coisa e que não podes dizer. Por favor, diga... por favor.... Eu ficaria feliz em fazer qualquer coisa, por favor, diga-o."

Pantea disse, "Bom dia... Eu vou te dizer se eu quiser, obrigado."

Informei Pantea, "Oi, eu vim para Chandigarh cedo de manhã, e agora estou decolando de volta para Delhi." Ao ler a previsão mensal da revista Vistara, enviei-lhe uma fotografia da sua previsão mensal.

Ela disse, "Obrigado, qual é a sua?"

Eu disse, "O meu é exatamente o seu, veja se o mandei para você agora." Este é o nosso destino. Estamos destinados a estar juntos, o que quer que aconteça, é o meu sentimento.

Capítulo Vinte:

Pantea ficou emocional

As nossas comunicações estavam a aumentar. Nós só ficamos em silêncio por cerca de uma semana desta vez. Em 17 de julho de 2018, eu não pude resistir a enviar-lhe uma mensagem, "Oi, como está meu Pantea Jaan?"

Ela respondeu, "Olá, estou bem, querida."

Eu disse, "Eu sempre sinto tanto a sua falta."

"Eu tenho...não sei o que está acontecendo na minha vida. Você não pode acreditar que eu estava sentada e chorando e você fez uma mensagem. Espero que você esteja indo bem?"

Ela me enviou uma foto. preocupou-me vê-la chorando, pois nunca gostei que minha mulher chorasse. Então eu respondi, "O mesmo aqui... Eu não estou indo bem."

Pantea perguntou, "Porquê, o que aconteceu?"

"Eu estava em algum lugar sem meu telefone e não pude responder." Eu expliquei, "Eu não pude responder desde que estava desligado do meu telefone. Vou contar-vos quando nos conhecermos, é uma longa história. Mas por que você chorou? Por favor, não, não consigo ver você chorando, sabe que... É tudo minha culpa."

Pantea disse, "Nada assim. Eu só estava me sentindo baixo. Às vezes acontece, mas eu estava chorando e você me mandou mensagens, então eu comecei a chorar mais e fiquei emocional. De qualquer forma, cuide-se..."

Pantea não era uma garota emocional, mas ela era emocional em seu próprio caminho apenas em relação a seus pais, irmão, e a mim, pois essas eram as únicas pessoas próximas de seu coração. Eu disse, "Eu sou seu herói e nunca vou lutar com você e com você minha heroína, então como o herói pode vê-lo chorando?"

Eu estava em Chandigarh no dia seguinte e liguei para Pantea, mas então fiquei confuso. Ela pode não gostar, e talvez não falasse comigo. Nos últimos quatro meses não ouvimos as vozes uns dos outros por causa da nossa separação. Antes disso, ficaríamos juntos por quase seis dias por mês, dia e noite, mas por causa do meu erro nos separamos.

Mas para minha surpresa ela escreveu, "Você me ligou?"

"Sim, estava perdendo sua voz."

Ela disse, "Me ligue então..." Eu liguei e conversamos por horas. Pantea nunca gostou de falar por muito tempo no telefone. Esta palestra foi esplêndida e me fez sentir tão perto dela, para a qual não tenho palavras.

Eu expressei para ela: "Você me deu vida falando comigo. Acabei de chegar a um restaurante italiano, estou pedindo pizza. Você vai ter uma peça comigo?" Eu disse isso como sempre adorávamos compartilhar pizza juntos.

Do jeito que ela disse, "Azizaaaam" (isso é dito amorosamente em persa).

Eu disse a ela, "Tentativamente, eu planejo vir entre 16 de agosto e 19 de agosto para vê-lo, qualquer data que seja boa para você. Faz tanto tempo que você disse Azizaaaam. Eu estava perdendo essa palavra."

Ela confirmou, "Ok querida, venha a qualquer hora."

Mais tarde, à noite, disse-lhe, "Estive com tanta fome na última semana. Até comi sua parte de pizza. Juro que comi depois de uma semana. Você é minha vida se você acredita, mas um dia você vai acreditar. Você deve me prometer que virei aos meus últimos ritos antes que eu seja queimado. Vou dizer à minha família para esperar que você venha do Irã ou de onde você estiver."

Pantea disse, "Por que você está falando todo esse querido, por favor?"

Eu disse a ela, "É o meu desejo. Só estou me expressando, embora viverei por mais 20 anos por causa do seu dom de cirurgia de bypass."

Ela me assegurou, "Você vai viver mais e ser feliz."

Eu disse, "Eu viverei feliz, mas quero que você esteja lá nos meus últimos ritos, por favor."

Pantea concordou em fazê-lo dizendo ok, mas ela não gostou que eu falasse sobre tudo isso. Ela diria que, quem sabe do próximo momento, posso até morrer antes de você.

Fiquei tão feliz que ainda lhe enviei mensagens, embora fossem 2 da manhã. Eu disse: "Amanhã em diante será um bom dia para nós. O tempo mudará para ser positivo em todos os aspectos. Boa noite, eu te amei e ainda te amo. Eu te amarei por toda a minha vida."

Pantea não tinha nada a dizer quando estava farta da palavra amor e disse, "Boa noite."

Continuei: "Você sabe que eu sou o Chipkoo (uma pessoa que fica presa a alguém). Querido, amanhã que horas posso enviar a alguém para entregar 4000 dólares? Mandei hoje a Sanil entregar-vos este dinheiro como um saldo do vosso dinheiro de bolso para julho."

Ela confirmou, "Ele pode vir depois das 2 horas. Obrigado, querida. Posso colocar algum dinheiro na minha conta? Ou podem por favor colocar alguns como o saldo é zero. E eu não entendo este cartão de crédito, eu apenas o usei agora. Você vê o que você quer fazer com isso, se eu o mandar de volta para você."

Eu respondi, "Ok, ele virá depois das 14 horas e eu lhe darei seu número de telefone. Amanhã, o meu homem colocará 500 dólares na sua conta, basta ligar para o serviço de atendimento ao cliente do cartão de crédito e contestar a cobrança do cartão de crédito do iTunes se você não o tiver usado." Ela era tão ignorante sobre todas essas coisas, não que não sabia ou não era inteligente, mas sempre confiaria em mim. Dei-lhe o número e disse-lhe "Mantenha o cartão à mão para dar o número do cartão, etc., mas não dê o número CVV, por favor."

Ela disse, "Agora eles estão dizendo que eu deveria chamar o iTunes e porque as transações aconteceram e eles temporariamente bloquearam o cartão. Disseram que podem desbloquear se eu quiser, mas não posso contestar a acusação. O iTunes é sempre assim. Eu tenho uma coisa e tudo isso aconteceu."

Eu disse a ela, "Eu sei que você está certo. Está tudo bem, nós pagaremos. Eu instruí meu homem. ele irá depositar 500 dólares amanhã e 400 dólares no dia seguinte."

Todos estes cálculos do dólar americano são a taxa de conversão em 2012, embora hoje a taxa de câmbio tenha mudado, pelo que os leitores devem entender que, hoje, 500 dólares seriam 300 dólares. Pantea não gostava de fazer todas essas coisas ela sempre dependia de mim para cuidar de tudo por ela.

Ela ainda estava confusa, e perguntou, "Obrigado, agora digo-lhes para bloquearem o meu cartão ou o quê? Porque disseram que me ligarão em 30 minutos. Eu bloqueei meu método de pagamento do telefone agora. Então, eles não podem me cobrar assim."

Eu avisei, "Não diga a eles para bloqueá-la."

Pantea disse: "Ok."

No dia seguinte, tive trabalho urgente do tribunal, então ela me desejou a melhor e boa noite. Ela disse que esperava que meu trabalho fosse concluído, e eu estava me certificando que eu faria de alguma forma. Ela foi tão positiva comigo que me disse que tinha certeza que eu faria isso de alguma forma. A sua confiança em mim sempre me deu positividade para alcançar o sucesso. Eu adorava quando ela estava tão preocupada com meu sucesso o tempo todo, mesmo quando nos separamos.

Nós estávamos em contato diariamente, então eu perguntei a ela no dia 24 de julho, "Querida, que tal ver a cidade de Delhi às vezes como de acordo com sua conveniência antes de eu poder vir para Mumbai."

Ela respondeu positivamente, "Deixe-me ver... Eu vou te avisar". Ela colocou uma bela foto de seu herói como uma foto de exibição no WhatsApp. Eu apreciei e ela disse, "É uma imagem antiga de quando estávamos juntos na Europa."

No dia seguinte Pantea escreveu, "Bom dia, como vão vocês, cavalheiros?"

Eu respondi, "Olá, minha alteza, estou bem."

Estranhamente, ela começou como costumava ter esses ajustes, e seu desequilíbrio nas mensagens estava me fazendo entender o que acontece com ela. Para minha resposta, a alteza, ela se demitiu, dizendo: "Eu acho que você não deveria usar todas essas palavras, minha alteza, minha rainha e tudo... Eu não me importo, mas eu gosto de manter as coisas casuais como dizer tantos lalu chapu (elogios) parece engraçado para mim às vezes. E eu realmente não quero entrar em uma discussão com vocês porque estou tão confuso e realmente não tenho energia para isso. De repente, há demasiadas palavras desnecessárias e, de repente, tanta atitude e queixas... Eu vou te dizer o que quero dizer quando nos encontramos. Eu não sei, talvez eu esteja errado ou seja lá o que for."

Eu aborreço-o educadamente e disse, "Eu entendo."

Ela disse, "Obrigado." Depois houve silêncio à nossa volta o dia inteiro até à manhã seguinte.

No dia seguinte ela me enviou pares vitalícios. Taurus -Aries foram o melhor par a estar juntos, onde combinamos bem um com o outro como pares vitalícios e admitimos mutuamente que somos um par vitalício. Então ela disse, "É o compromisso de Milin no dia 3 de agosto, então você pode vir qualquer dia depois que seu trabalho no tribunal terminar, me avise."

Eu tinha datas no tribunal nos dias 6 e 8, então eu disse, "Eu vou no dia 8 após o tribunal." Mais tarde eu sugeri a ela, "Eu posso vir no dia 10 de agosto e no dia seguinte eu irei a Dehradun para uma visita a Gurudwara." Ela confirmou que estava bem com ela. Então, nossa reunião para jantar em sua casa seria no dia 10 de agosto.

Agora Pantea voltou a me chamar de herói Jaan. Ela estava preocupada com tudo ao meu redor. ela queria que eu ficasse feliz, e sabia que eu estava sob tensão por causa da minha irmã, Dotty. Ela sabia que minha irmã estava registrando casos falsos contra mim, mas ela tinha certeza da minha perseverança e me disse que ela estava muito confiante em mim, e ela me asseguraria que eu alcançaria todo o sucesso e me diria para não me preocupar. Eu sempre a apreciaria, pois ela foi uma vantagem para mim por toda a vida. Mas eu lhe diria que eu tinha dez anos desde nossa separação, a que ela diria que é o mesmo com ela, ela também tinha cinco anos desde nossa luta. Ela sugeriu que eu fosse à Suíça e fizesse um rejuvenescimento.

Eu disse a ela que estava me sentindo muito fraco e cansado. Minha energia e minha força estavam esgotadas. Ela disse que era só porque eu estava correndo aqui e ali. Pantea disse, "Eu nunca quis te machucar e nunca quis te deixar também. As minhas bênçãos são sempre para ti, mas quem sou eu? Ninguém."

Asseguro-lhe que ela estava sempre na minha mente e no meu coração. "Você está muito perto e eu sempre vou pensar em você mesmo dormindo. Confie em mim e em toda a minha vida você vai ficar igual. Eu te amo é minha última palavra, e sempre será. Por favor, não se importe que eu diga isso," e ela confirmou que não se importava que eu dissesse isso.

No dia seguinte recebi uma mensagem do senhorio do seu apartamento sobre se estaríamos a sair do apartamento no dia 18 de setembro. Pantea queria sair até esta data, mas eu insisti que ela ficasse até outubro, pois poderia ir no dia 10 de outubro. Eu disse a ela, "não adianta ficar com Anahita por duas semanas."

Ela disse, "Não adianta perder o aluguel de um mês como eu voltarei em outubro."

Eu perguntei a ela, "Então devo reservar seu voo para 10 de outubro e pagar 15 dias de aluguel?" Por último, concordou em fazê-lo.

Estive demasiado ocupado com os meus vários processos judiciais e a senhora deputada sempre me enviou os melhores votos que sempre me apoiariam para ser sempre positiva. Ela até me mudou para sempre ser positiva, que era como um presente dado a mim por Pantea. Eu a respeitava por sua bondade, sua natureza... Não sei, eu a amava demais. Mas agora, ao menos, depois de vários meses, ela estava pensando novamente que eu era seu herói e ela estava usando a palavra Azizaaam, e ela estava dizendo que sentia minha falta e que estava feliz que ela estava me vendo no dia 10 de agosto.

Eu estava me perguntando o que aconteceria comigo, ela finalmente ia. O que eu vou continuar desaparecendo é inúmeras ilimitadas, ela foi madrugada e esperança de todas as manhãs, ela era o meu destino, ela era um propósito em minha vida para viver que ainda não tinha sido cumprido por mim no futuro para ela e em meus corações sempre a abençoaria com tudo o que ela desejava ter em sua vida.

Eu continuei a me encontrar com Krystia. Antes que nos encontrássemos, ela sempre me faria pagar por algumas compras, o que era mesquinho. Krystia encontrou-se comigo em 3 de agosto e novamente em 5 de agosto por cerca de duas horas entre as 11h e as 13h, o que não foi bom para mim nem satisfatório. Mas então, meu Pantea estava indo embora. ela nem me ouviria para não ir embora. Krystia teve de sair para a Ucrânia em dois dias, ou seja, 8 de agosto, então ela me encontrou duas vezes em agosto para conseguir seu dinheiro para seu visto, despesas de viagem, sua estadia em casa, etc. Ela não estava recebendo sua reserva de voo para 8 de agosto enquanto seu visto estava expirando e ela estava chorando, então eu reservei seu voo também.

Capítulo Vinte E Um:

Flores Para Sempre Para Meu Para Sempre Pantea

Pantea e eu começamos a reengajar as comunicações regularmente, e isso foi legal. No dia 4 de agosto, eu lhe enviei uma mensagem, "Querida, devo mandar dinheiro de bolso ou trazê-lo no dia 10? Você está bem até lá?"

Pantea disse, "Não há herói, estou bem... obrigado."

Eu estava ansioso em conseguir algumas novas fotos da nossa reunião para salvar como memórias, já que ela estava indo embora e eu não entendi quando ou se nós nos veríamos novamente. Então, eu expressei meus sentimentos, "Querida, tudo bem se eu gravar /fotografar nosso dia de jantar em sua casa, e adicionar música para manter a calma? Se estiver tudo bem, comprarei uma câmera e música, mas deixarei ambos com você para levar para casa."

Pantea era tão rude... que não conseguia entender, embora soubesse sua natureza. "Não, lamento imenso, pois tenho uma experiência horrível com gravação e fotografia. Decidi não fazer nada disso. Eu acho que depois de tudo que aconteceu, você nem deveria me perguntar isso. Se você acha que isso vai te chatear, não me encontre. Como sabe, não estou esperando nada de você. Esta questão é realmente perturbadora para mim. Não tenho medo de gravar, não me importo... como não me importo se meus discos ou fotos vão para onde, mas eu odeio fazer isso."

A resposta dela me aborreceu, mas eu não tinha outra opção a não ser dizer, "Ok querida, sem problema. Não fique chateado, por favor."

Pantea disse, "Não estou chateado, só me perguntando por que você perguntaria.... Eu não sei o que você quer se você tem problemas comigo, ou porque você está me encontrando. Sabe por que quero ir embora apesar de odiar viver no Irã, porque perdi minha confiança e estou fugindo. Só Deus sabe o quanto estou chateado que devo ir. Todos esses anos eu lutei para não voltar e fiquei tão inseguro que queria ir embora. Você sabe que não deveria ter feito o que fez comigo. Você poderia me pedir para me foder. Você poderia me dizer qualquer coisa. Você poderia falar comigo, mas você me deixou inseguro sobre tudo. Eu confiei em você. Você sabe que uma vez antes, eu vi uma história de comida em um hotel, você sabe disso, mas ainda assim, eu confiei em você. Se fosse você, juro que ficaria paranoico comigo por toda a sua vida. Eu sempre confiei em você, mas fiquei tão quebrado que pensei que deveria ir... Juro que terminei com tudo. Eu não me importo se eu morrer ou viver ou o que quer que aconteça... Eu acho que você está gostando de me ver assim. Por que perguntar tal coisa depois de tudo que aconteceu? Seja honesto consigo mesmo se tiver problemas comigo, deixe-me foder, não pense ou se importe comigo, por favor... aproveite a sua vida."

Expliquei suavemente, "Não tenho problemas com você, na verdade. Você entendeu mal a minha mensagem, mas está tudo bem que eu lhe perguntei e não esperava a sua segunda mensagem, agora que a primeira foi uma explicação suficientemente boa. Por que acha que tenho problemas com você? Por favor, não pense novamente sobre isso pelo amor de Deus."

Pantea disse: "Boa noite, herói."

No dia seguinte, Pantea percebeu que estava sendo rude, como eu tinha pedido pouco. Na verdade, eu só queria viver o resto da minha vida com essas memórias.

No dia seguinte ela esclareceu, "Eu só queria dizer agora que ontem, eu estava um pouco hiper e estava chateado na minha mente sobre muitas coisas. Fiquei zangado quando me falou sobre gravar. Você pode trazer sua música e nós não precisamos de uma câmera como eu tenho uma. Vou gravar para suas memórias, já que não tenho problemas com gravação, de qualquer forma. Vamos falar de tantas coisas que não tenho energia para explicar em mensagens.... Se isso te faz feliz, faça. Você sabe como eu sou. Eu fico hiper rápido e reago, essa é a minha natureza. Não consigo evitar."

Não há dúvida de como eu conhecia Pantea. "Eu conheço-te, querida, e também o teu temperamento. Eu poderia entender e você tem todo o direito de me dizer qualquer coisa sempre. Talvez ainda não me tenhas entendido. Já lhe tinha dado todos os direitos há muito tempo e eles continuarão a estar consigo. Se você se lembra que eu sempre te disse, se você não ficar bravo comigo, então com quem você ficará bravo?"

Pantea disse, "Obrigado."

Naquela noite eu disse: "Boa noite, lembre-se que eu te amo... eu vou ficar apaixonada por você sempre e além. Eu não sou um homem mau. Por favor, não se irrite com o que eu pedi, por favor?"

Pantea disse, "Ok, e boa noite. Eu nunca disse que você é um homem mau. Saúde! Você tem sua cerveja agora", e ela enviou uma foto com a barriga de um homem tomando uma cerveja.

No dia seguinte perguntei, "Qual é a sua opinião sobre a minha cerveja bebendo e barriga?"

Pantea respondeu: "Eu sabia que você iria perguntar isso..."

Eu respondi, "Você me conhece bem."

"Não te conheço bem, onde te conheço bem."

Eu comentei, "Talvez eu esteja errado, embora você me conheça bem."

Ela respondeu, "Alborz, você sempre disse que eu não te conheço, então eu não te conheço bem."

Eu sabia que ela estava sendo sarcástica por causa do meu envio de fotos e mensagens para Misa, mas na verdade, eu estava sendo possessiva com Pantea. Eu não deveria ter agido como fiz. Talvez eu pensasse que Pantea era só minha, que foi o meu erro, como ela sempre disse que era uma ave livre.

Mais tarde ela comentou: "Estou bem com a sua barriga de cerveja... Por que eu deveria ter um problema com sua cerveja e barriga? A barriga é a riqueza do homem e o cu é a riqueza de uma mulher. Eu sempre te disse." Pantea explicou, "Eu te mandei isso porque você está preocupado com sua barriga de cerveja. Então seja feliz, faça maior. Então, é melhor você não se preocupar, não é ruim."

Eu confirmei, "Ok, eu não vou me preocupar. Eu gostaria de falar com você amanhã depois do tribunal?"

"Está bem, está bem."

No dia seguinte, confirmou a minha mensagem da noite anterior; ela me pediu para ligar quando eu estivesse livre. Fiquei feliz em ligar e ouvir a voz dela. Na chamada com Pantea, toda minha cansaço desapareceu depois de ouvir sua voz.

Ela disse, "Eu estava pensando em você, e você ligou". Ela começou a chorar.

Sentia-me mal por a ter feito chorar, "Sinto muito."

Ela disse, "Eu estava sendo emocional. Você não me fez chorar... não foi sua culpa."

Não conseguia ouvi-la ou vê-la a chorar. "Eu te amo para sempre."

Ela disse, "Azizaaaam. Eu também sinto por você."

Eu sabia que vinha do coração dela para mim... ela também me amava, mas quando uma pessoa como Anahita se encontra entre as pessoas, a situação fica estragada. Ela finalmente disse, "Boa noite, meu herói."

O dia seguinte foi o 9°, e os nervos se instalaram. Mandei mensagens e disse a ela que não comprei uma câmera. "Até amanhã."

Pantea disse, "Ok, bom herói noturno, até amanhã."

Eu estava ansioso para vê-la tanto. Temia que pudéssemos lutar de novo, mas desta vez eu me controlaria totalmente, seja o que for que ela me diga ou diga. Na verdade, foi ela que se apresentou para esta reunião após a nossa luta no dia 16 de maio. Ela me enviou uma mensagem adorável no dia 19, que me fez derreter completamente.

Fui cortar o cabelo no dia 9 no shopping desde que me encontrei com Pantea no dia seguinte e queria parecer bem. Enquanto estava no shopping, algo me atingiu. Eu tinha comprado Forever Flowers para Rozhan no seu aniversário, no dia 31 de julho. Eram rosas vermelhas numa caixa transparente. A mesma loja estava no shopping. Depois do corte de cabelo, fui à loja. Tinham todas as cores das rosas em 12 a 60 flores numa caixa. Comprei 36 flores numa caixa. a cor era um rosa ligeiramente escuro chamado rosa gracioso. Depois arranjou outras caixas de presentes de chocolates e biscoitos. Eu também comprei um rádio chamado Sá Ra Gama com 30,000 músicas gravadas em filmes de Bollywood para tocar algumas músicas em seu quarto, já que tirar fotos estava fora de questão. De lá só peguei cinco cartas pequenas, voltei para o escritório, e escrevi algumas coisas para Pantea, e coloquei tudo na minha bolsa.

Saí por volta das 15 horas para o meu voo, no dia $10^°$. Então enviei uma mensagem a Pantea, "Eu te amo. Estou nervoso."

Ela disse, "Por quê? Não fique nervoso. Você está pronto para vir?"

Eu disse, "Sim, estou no aeroporto agora..."

"Tenha um voo seguro."

Eu respondi, "Obrigado querida, você deve estar ocupado cozinhando." Ela me enviou fotos de cozinhar. ela estava cortando cebolas, o que me fez sorrir.

Ela disse, "Até logo..."

Depois que o meu avião aterrissou, enviei uma mensagem, "Vim à tua cidade depois de um mês e meio." Eu disse isso porque no dia 25 de junho nós nos cruzamos à meia-noite enquanto entrávamos no bar esportivo quando eu estava com Krystia.

Ela respondeu: "Haaaaha... Bem-vindo, te vejo às 19h30. Vou tomar banho e me preparar. Ligue-me assim que sair do hotel. Onde você está? Seu telefone está ocupado." Disse-lhe que estava no portão.

Quando aterrissei no portão, havia uma mensagem para mim. No entanto, lembrei-me da minha primeira visita à sua casa, quando nem sequer pude entrar na sua casa. Foi parte do meu primeiro livro na série Raha QUEM O FEZ. Então um jantar romântico veio no segundo livro da série Raha, EU O FIZ. Admito que meu nervosismo estava em chamas, sem saber o que esperar. Foi confuso, pois ela partiu para o seu país e para nós, separados. Eu carregava todos os presentes. no entanto, os seus vizinhos podem não saber quem eu sou. Mas minhas intenções eram admiráveis, a razão da minha visita era jantar, não contato físico.

Quando ela abriu a porta, fiquei completamente chocado na porta. Ela acendeu toda a sala de estar com velas perfumadas, e música persa romântica estava tocando. A mesa de jantar foi colocada com versace crockery e cutelaria junto com uma cerveja Versace e um copo de vinho. Foi inacreditável, não pude expressar meus sentimentos. Claro, ela parecia linda, tão bonita. Mais uma vez, não tenho palavras para dizer ou escrever. Mas neste momento enquanto escrevemos, estamos no meio da pandemia da COVID-19, e sinto falta desse momento. Na verdade, a memória é tão forte que eu quero enviar-lhe uma mensagem, mas eu me importo, pensando que ela pode ficar aborrecida comigo.

Quando entrei, ela me deu um beijo suave, mas eu estava nervoso e tremendo. Levou alguns minutos para ganhar a minha confiança. a música ajudou. Saí do rádio e coloquei os presentes dela na mesa. Ela estava animada em vê-los e as Flores do para sempre. Meu plano estava funcionando. Ela amava cada presente. Dei-lhe o dinheiro do bolso para agosto num envelope.

Ela disse, "Obrigado" e beijou-me nos lábios. Em seguida, abriu os cinco cartões; o primeiro cartão que ela leu dizia:

"Minha Pantea PARA SEMPRE

Estas 36 flores frescas PARA SEMPRE representarão sempre o amor de Alborz PARA SEMPRE por ti.

Você permanecerá fresco, jovem e feliz PARA SEMPRE.

O teu herói continuará a ser um herói, PARA SEMPRE, só para ti.

Seu herói estará ao seu lado, PARA SEMPRE.

Pantea, você me garantiu que se puder fazer algo por mim, eu deveria avisá-lo. Bem, chegou a hora. Você está pronto para fazer isso? Em caso afirmativo, abrir apenas o envelope seguinte; caso contrário, por favor, não o abra."

Ela perguntou, "O que você quer de mim?" Ela estava nervosa, mas eu não queria dizer a ela minha demanda. Finalmente, ela concordou. "Ok.. eu vou fazer isso."

Então ela poderia abrir o próximo segundo envelope, que dizia, "Você tem certeza de que o fará?"

De novo, ela está mais nervosa. "Sim, eu farei isso."

"Ok, então, agora abra o terceiro envelope."

Ele dizia, "Jurem por mim, que o que quer que eu diga que você fará." Se não tiver certeza, não abra o próximo."

Ela estava relutante em jurar, então eu confessei, "Eu não vou pedir algo que você não pode fazer ou você não quer fazer." Ela jurou em mim, então abriu o quarto envelope que dizia, "Você jurou em mim agora, então pense novamente e só então abra o último."

Ela disse, "Eu jurei em você. Eu farei isso. Eu não preciso pensar novamente."

Então, ela abriu o quinto envelope que dizia, "Pantea, por favor, não vá PARA SEMPRE. Pantea, por favor, fique na Índia PARA SEMPRE. Pantea, peço-lhe que fique aqui PARA SEMPRE, minha Pantea PARA SEMPRE."

Depois que Pantea leu tudo, o último dos meus cartões disse, "Pantea, eu te amo sem limites na minha vida. Por favor, perdoe-me por todas as palavras sujas que já lhe disse. Embora devam ter sido ditas sem conhecimento de causa ou na minha raiva. Por favor, perdoe-me pelo seu coração pelo meu erro, que eu devo ter feito por causa do meu amor genuíno por você. Por favor, entenda-me, não posso fazer nada de errado com você ou de errado para você na minha vida. Eu te protegerei completamente. Não sei se posso exprimir os meus pensamentos, mas por favor aceite as minhas sinceras desculpas e perdoe-me. Eu quero ser seu herói sempre por uma vida. Por favor, fique aqui e não volte para o seu país..."

Isso a atormentou. Ela me abraçou. "Azizzaaam, dê-me tempo para pensar."

Eu disse, "Você jurou em mim. Se eu não sou ninguém para você, então você pode mudar de ideia. Deixo para você."

A próxima fase da noite deixou-me surpreendido. Pantea me beijou mais forte e antes que eu soubesse, estávamos até o orgasmo. Era uma amor inacreditável. Agora, enquanto escrevo, meu coração está latejando para senti-la novamente. Não esperava nada assim. foi algo que nos fez perceber que somos feitos um para o outro. A música tocava ao fundo enquanto nos abraçávamos nos braços uns dos outros. Eu não estava com vontade de me levantar... Pantea até foi buscar minha cerveja enquanto ela tinha vinho tinto. Enquanto nos cuidávamos um do outro. Eu queria desesperadamente ficar a noite, mas não era hora e ela queria que eu fosse embora. Já eram 2 da manhã e Pantea arranjou um Uber de luxo de volta ao hotel. Era como encontrar um diamante perdido, meu tesouro perdido, meu amor perdido, e muito mais na minha vida.

Capítulo Vinte E Dois:

Minhas Reuniões Com Pantea

Uma vez que a noite finalmente terminou, antes de sair, eu queria fazer as pazes com o Sashtang Pranam, que significa se deitar aos seus pés para me perdoar. Pantea chegou a concordar comigo por cinco dias para Dubai ou Istambul no dia 22 de agosto. Então nos encontraríamos novamente no nosso aniversário, 1 de setembro por duas noites, três dias.

Quando cheguei ao meio-fio, Pantea me enviou um código Uber, mas eu já estava no carro. Eu respondi, "Este é um bom carro, obrigado por tudo, pela boa noite e pelo cumprimento da promessa que você me deu. Eu te amo para sempre... boa noite, meu shehzadi. Eu cheguei ao meu quarto. Cuide-se."

Ela respondeu depois de algum tempo, "Seja bem-vindo, querida, obrigado por vir, nit boa noite."

Ir dormir estava fora de questão. Estava tão animado por ter Pantea de volta na minha vida. Eu estava de bom humor e comi tantos chocolates.

Quando eu lhe enviei mensagens sobre os chocolates, ela me ligou, o que foi outra surpresa para mim.

Ela disse, "Eu te amo." Na maioria dos casos, tentar tirar essas palavras da boca foi difícil. Na manhã seguinte, prometi a Pantea, "De agora em diante é a sua vez, de acordo com o seu desejo e o seu gosto, espero que se sinta melhor, eu te amo ♥." Eu disse que na noite anterior ela tinha um resfriado terrível.

Pantea confirmou: "Sou melhor."

Eu disse, "Eu já enviei uma mensagem ao senhorio de que estenderemos o locação em outubro."

Pantea respondeu, "Eu vou pensar bem sobre isso. Por favor, me dê mais alguns dias. Só estou um pouco confuso... mas eu gostaria de ficar, você sabe disso."

Eu lhe assegurei, "Não pense mais nisso, você verá que eu serei um bom homem e farei tudo o que quiser."

Ela disse, "Você é um bom homem."

Eu disse, "Não importa se você quer me ver ou não... por favor, fique."

Sua resposta foi encorajadora, "Cala a boca." Eu sempre a amei dizendo cala a boca, como sempre veio com amor.

Eu disse, "Eu adoro a sua calada." Eu a assegurei novamente, "Este é o seu tempo, e tudo será bom. Há cinco meses que te preocupo. Eu estava errado, então você pode me punir."

Enviei uma mensagem ao senhorio sozinha para renovar o contrato de arrendamento por dois anos. Bom dia, senhor. Por favor, aceitem renovar o contrato de arrendamento por mais dois anos com a mesma renda e eu também não gostaria de pagar qualquer taxa de corretagem a qualquer corretor. Regozijos." Enviei esta mensagem a Pantea.

Ela concordou, "Obrigado..."

"Estou tão feliz, obrigado."

Ela estava sentindo meu amor, "Azizaaaam..."

Enviei-lhe uma fotografia minha deitada no chão a fazer Sashtang Pranam

Eu expliquei, "Sashtang pranam é o que eu fiz ontem à noite, deitado no meu peito tocando seus pés. É o que você faz a uma deusa pelo perdão."

Ela disse, "Você é louca..."

Eu disse a ela, "Sim, para você definitivamente. Como estão as Flores do Povo?"

Ela disse, "Nicee."

Eu disse, "Você os merece. Querido, você não precisa dar a essas flores água ou luz do sol. Você não deve fazer nada por eles. Eles ficarão frescos sozinhos. Eles durarão no mínimo 6 anos."

Durante nosso jantar, eu tinha explicado sobre escrever livros. Eu queria que ela fosse a autora, mas ela recusou. Pantea queria manter a distância por causa da minha família. Eu expressei, "Quando você ler, você vai chorar." Enquanto continuávamos a discutir os livros, eu pedi-lhe para dar o nome à série, e ela respondeu, "Raha." Então, o quarto livro a partir do seu nome mudaria para Raha e é por isso que todos estes livros são a Série Raha.

No dia seguinte antes do meu avião partir, eu enviei mensagens para Pantea como sempre. "Decolando, te vejo quando quiser. Eu já mudei seu nome, Raha. Você é minha inspiração."

Ela acabou de dizer, "Wowwww!" Depois continuou, "Querida, quando você vai para o Reino Unido, eu preciso que Versa se encarregue de exercícios, se puder.

Vou te enviar fotos. É para treino de peso por causa do meu dedo. Rosa e pequeno tamanho. Eu te dei sua primeira tarefa."

Eu disse, "E se eu não puder? Seja como for, vou ou não, vou buscá-los. Mande-me a foto. Caso contrário, você vai parar de me chamar de Herói. Você sabe muito bem. Adoro fazer qualquer coisa por ti. Isso é amor."

Quando comecei a procurar online, a maioria dos lugares estava fora de estoque. Então, finalmente encontrei alguns na Bélgica. Eu tenho um amigo que mora lá e agendou entrega para ele. Ele vinha para a Índia na semana seguinte.

Impressionou Pantea, "Então você os pegou?"

"Sim, eles estão vindo no dia 20 de agosto. Mais alguma coisa minha Akka? Obrigado por me dar trabalho, eu te amo."

A quantidade de estresse que desapareceu quando ela concordou em ficar na Índia foi incrível. Dormi quase dez horas, como nos significava um para o outro. Eu respondi: "Um dia você acredita que isso nos significa um para o outro. Um dia, vocês podem perceber que 100 anos atrás, eu também te amava, hoje eu te amo, e amanhã eu te amarei para sempre e para sempre."

Pantea disse, "Estou feliz que tenha dormido bem."

"Eu amo se minha Aries está em guerra comigo porque eu amo minha Arian para ser fiel a sua natureza."

No dia seguinte, ocupei-me da criação de um pedido de visto para Radin para o Reino Unido durante dez anos. Quando enviei uma mensagem a Pantea, ela respondeu: "Ok, rei dos vistos. Você deveria abrir um escritório de vistos."

Eu disse, "Não é rei de todos, só para aquele que está perto dos meus queridos. Você é um deles. Eu tenho sete pessoas que são minha vida: Rozhan e Pantea, que eu amo do coração, depois Meena Praja, Shabu, Radin, Rajan e Ruh quando criança. Eu amo todos eles, e ninguém mais na minha vida."

Ela mandou um sinal de coração, dizendo meu coração para você. Eu respondi, "Obrigado, minha querida. Boa noite, meu amor. Cuide-se, se recupere logo. Amanhã você vai ficar melhor, dormir bem." Pantea tinha finalmente ido ao médico sobre a garganta. Ele lhe deu uma receita, e eu a informei sobre como tomar as pílulas, para que ela se sentisse melhor em alguns dias.

Ela respondeu: "Boa noite...Ainda não acredito que vou ficar aqui..."

"Você vai ficar aqui? Eu te amo, minha super rainha. Obrigado."

As nossas comunicações tornaram-se sobrenaturais. Ela leu a minha mente como eu podia ler a dela. No dia seguinte, enviei-lhe uma mensagem. Ela prontamente respondeu, "Eu ia te mandar uma mensagem."

Perdemos-nos igualmente. "É telepatia..."

Ela disse, "Hmmm, eu sei."

Eu confirmei a ela que você é a extensão do visto dela seria final. "Estive no escritório da FRRO e meu amigo Sanju se encarregará do próximo ano. Ele se reunirá com a embaixada em Teerã para que eles concedam mais cinco anos. Mas sinto sua falta."

Ela disse, "Eu também sinto sua falta."

O senhorio não respondeu à minha mensagem e perguntava-me se Wakley estava a ficar ganancioso. Mas não importa, valeu a pena manter Pantea longe do Irã.

Ela disse, "Se ele está aumentando o aluguel e você não quer pagar, eu posso me mudar. Sem problemas."

Pantea entendeu mal, então eu respondi, "Cala a boca, por favor... Ele pode pedir 10 por cento. Coelhinho, o corretor é um jogador de jogos. Não quero envolver a Parmani, minha corretora, como ela cobra. O que ele pedir, eu concordo. Eu não vou deixar você se mover. Eu quero que você se sinta confortável. Se ele não responder, eu o encontrarei em Dubai. Eu garanto que você não terá que se mudar. Só estou informando sobre o desenvolvimento. Sabe que preciso falar com você sobre algumas coisas, Pantea."

Como sempre, ela voltou, "Mover não é tão difícil para mim. E há tantas casas esplêndidas. Então, você não precisa correr atrás dele."

"Pode parar de dizer isso?"

Pantea disse, "Ok, vamos falar em Dubai. Eu ainda estarei com você, se você não quiser pagar. Eu não posso mudar nenhum problema."

Eu não gostava que ela pensasse que tinha de se mudar, "Quando é que eu disse que não quero pagar? Deixem bem claro na vossa mente que não há nada que eu não pagarei. Eu tenho certeza de que você ainda não conhece meu coração para você."

Pantea disse, "Querida, não é uma questão de coração. Ok, falaremos mais tarde..."

Eu respondi, "Não há nada para falar. Já disse tudo."

Ela disse, "Ok."

"Pedi um beijo."

Pantea disse, "Eu dei um beijo."

Mas eu ainda insisti, "Aquele beijo é? Eu não sabia..."

Pantea voltou freneticamente e disse, "Você deveria dormir. Relaxe, por favor..."

Tínhamos planejado uma viagem ao Dubai por volta de 22 de agosto e, por cerca de cinco dias, para ficar em uma vila. Eu reservei os voos.

Antes de partirmos para Dubai, ela não conseguiu encontrar a impressão do seu visto. Ela disse, "Eu não posso imprimir meu visto, você pode enviar um e-mail?"

Sempre preservei seus papéis sistematicamente. "Está tudo bem, ninguém perguntará no momento da partida, mas no retorno, você precisará tê-lo. Eu vou imprimir uma cópia e dar a vocês em Dubai."

Meena se juntou a nós depois de dois dias, e Kohli também vinha por três dias. Pantea amava a vila. Bebemos ao lado da piscina e fizemos amor na piscina. Um dia comemos comida turca num restaurante fino, como era o seu favorito. Então um dia nós comemos comida em casa fazendo pedidos online.

Eu estava tocando músicas românticas no meu telefone, mas ela ficou irritada com as letras das músicas. Eu disse a ela, "Sentirei sua falta quando você for ao Irã." Ela planejou partir na primeira semana de setembro.

Um dia, eu estava a fazer rostos por causa do seu comportamento. Percebi que ela ainda tinha rancor contra mim sobre muitas coisas. Ela também tocou no tema das meninas russas. Ela mencionou quando me viu com Krystia em Mumbai. Fiquei contente por ela querer ir fazer compras, porque não tive de suportar o seu humor. Mas não importava no fundo, a nossa separação de cinco meses tinha colocado grande stress em nós. Quando ela partiu para fazer compras, pedi-lhe que comprasse presentes de aniversário e lhe desse dinheiro. Ela também comprou presentes para mim em Dubai. Pantea sempre soube do que eu gostava. suas escolhas foram as melhores.

Pantea queria guardar uma bolsa no quarto, como Kohli e Meena usaram os outros dois. Ela sarcasticamente disse, "Como se eles não dormissem num quarto." Não gostei do comportamento dela.

Mas três dias depois que Meena e Kohli vieram, ela foi boa. Pantea nunca mostrou seu humor transtorno a qualquer outra pessoa. Kohli cheirava mal. Ela me puxou de lado, "Esse cara está cheirando a suor." No dia seguinte, dei perfumes e desodorantes a Kohli.

Voltamos no dia 27. Ela se comportou melhor e, antes do voo sair, ela ligou do voo. "Sinto sua falta." Admito que as palavras dela me deixaram aliviado. Ela respondeu: "desembarcou".

Ao aterrissar em Mumbai, a imigração pediu um visto, e ela teve como eu tinha dado a ela em Dubai. Ela escreveu: "Eles pediram por esse jornal. Imagine se eu não tivesse... Eles poderiam me foder se eu não lhes desse minha papelada."

Eu respondi, "Sério? Eu disse que só poderia ser um problema quando voltasse. O melhor. Você chegou em casa?"

Ela confirmou, "Sim."

Levou a maior parte do dia para descansar depois de viajar, mas ela fez mensagens nas horas tardias. "WhatsApp meri Jaan. Eu menstruei quando cheguei em casa." Foi por isso que ficou irritada em Dubai, pois durante seus 7 dias de pré-período ela começava a se gabar.

"Por favor, ligue quando você estiver livre..." Foi muito incomum, mas eu liguei de volta o mais rápido possível, pois adorava ouvir a voz dela. Sem falar, isso me fez relaxar.

Ela tinha um problema de fissura em Dubai, mas não disse nada. "Alborz não é uma fissura, é apenas pele extra." Consegui alguns tubos de medicação, mas eles não eram eficazes e sabia que o melhor tipo era Proctesydl. Então, arranjei uma entrega de Londres no dia 30 de agosto.

Eu respondi: "Posso te ligar?"

Ela disse, "Sim, querida."

Eles entregaram o Proctosedyl. Como está o seu rabo?"

Ela disse, "É melhor, só um pouco está lá."

"Ok, trarei Proctosedyl comigo no dia 1, enquanto nos encontrarmos em Hyderabad."

"O herói da boa noite, Jaan..."

No dia 30 de agosto, mandei um cartão de embarque para ela. Ela sempre me apreciou e confiava em tudo que eu fazia. Na verdade, ela amava minha memória sobre encontros. Ela até me perguntaria sobre seu prazo de validade, como sempre lembrei. Eu disse a ela, "Hoje o senhorio confirmou a renovação do aluguel por dois anos sem aumento."

Ela confirmou, "Sim, juro que estava a pensar há uma hora que ainda devíamos esperar um mês. Ainda bem que não o ligou e ele concordou. Me ligue quando estiver livre." Liguei imediatamente, como sempre quis ouvir a voz dela.

Mais tarde, às 21h, ela disse: "Ei, como está, herói?"

Eu disse, "Olá, minha querida. Estou bem, meu amor. Eu estava muito chateado das 19h15 às 20h30, mas aplaudiu mais tarde."

Ela perguntou, "Por quê?"

Eu disse, "Não sei por que exatamente assim."

Ela disse, "Eu não consigo entender... Mas você tem tempo, 7.15 começou, 8.30 terminou, você pode ter menopausa."

Eu disse, "Sim, querida, acontece."

Ela confirmou, "Sim, eu sei que acontece. Que bom que está melhor agora. Até amanhã."

Eu disse-lhe, "Estávamos a jantar fora, como sabe a razão."

"Oh, sim... eu tinha esquecido que era seu aniversário com Rozhan."

Continuei a dizer à Pantea que te amo, mas ela nunca me voltaria com estas três palavras agora. Foi tudo porque enviei as mensagens e fotos dela comigo para Misa, que foi um erro do meu lado, e eu estava sofrendo para ouvir essas palavras dela.

Aos meus leitores, esclareço que todas as trocas de mensagens acima são a minha memória.

Capítulo Vinte E Três:

Clarificação De O Pênis

Depois de voltar do Dubai, nos encontramos novamente no dia 1 de setembro, em Hyderabad, mas não havia quartos disponíveis em hotéis. Então, tentamos o Jodhpur. no entanto, também não havia salas disponíveis. Eu enviei uma mensagem à Pantea sobre a disponibilidade da sala. Ela comentou, "Uau, a Índia está a balançar. Nem é a estação."

Eu respondi, "Não sei o que é. Não adianta ir a Hyderabad se não for o Palácio Falaknuma." Ela sugeriu Udaipur Leela, mas isso também não estava disponível.

Finalmente, com as minhas fontes, consegui Taj Krishna por um dia e ter o nosso jantar de aniversário no Palácio de Falaknuma. Temos um local particular, que sempre gostei de ter. No dia seguinte, mudámo-nos para o Palácio Taj Falaknuma para ficarmos por dois dias e depois um dia em Deli. Desta vez Pantea estava voando comigo para Delhi. Lembrou-me da nossa 1ª viagem no ano de 2012. Eu detalhei isso no meu primeiro livro da série RAHA, QUEM O FEZ. O aniversário anterior foi só por causa de Anahita.

Trouxe comigo uma surpresa, uma caixa cheia de cosméticos japoneses, incluindo perfumes japoneses. No dia anterior, eu fui à minha perfumaria em Deli. Queria dar-lhe os mesmos perfumes e cosméticos que na nossa primeira reunião de 1 de setembro de 2012. As coisas que eu comprei raramente estavam disponíveis, e ela não conseguia encontrá-las em lugar nenhum. Eu era louca por ela e comprava sem limites, mesmo que ela tivesse comprado seus presentes de aniversário em Dubai.

Primeiro de setembro, foi o nosso aniversário, e a primeira coisa que eu a desejava, "Sobh seja Khair, minha super rainha, muitos retornos felizes do dia. Até logo." Pedi-lhe que trouxesse os vales da Vistara Lounge e três vales de atualização, uma vez que era membro de platina das companhias aéreas.

Ela disse, "Bom dia, o mesmo para você, querida. Só podemos utilizar os vales de salão em Deli, por isso não vale a pena atualizar sim; no entanto, vou trazê-los de qualquer forma."

Depois da nossa conversa, reservei o voo de Pantea. Geralmente, teria sido classe econômica, sendo Jet Airways, mas eu arranjei para classe executiva. Ela era tão ignorante que não via que o cartão de embarque era para a classe executiva. Ela respondeu, "Estou verificando e acabei de entender que é para a classe executiva."

Estava chovendo muito em ambas as cidades, Deli e Mumbai. Pantea não atendeu o telefone dela, então enviei uma mensagem. "Eu liguei para dizer que o motorista teria uma camisa azul para buscá-lo. O voo se moveu."

Ela disse, "Oh, quando você ligou o telefone estava em silêncio."

Fiquei muito entusiasmado por nos encontrarmos no nosso aniversário e o motorista com uma camisa azul estava em 2012. Meu voo estava um pouco atrasado. Ela chegou mais cedo, então me informou que estava esperando perto do metrô. Depois de pousar, agradeci-lhe por estar sempre lá para mim.

Verificamos em Taj Krishna, mas ela não gostou da suíte. No entanto, nestas circunstâncias, não tínhamos outras opções. Trouxe perfumes especiais e cosméticos faciais, e ela tinha mais alguns presentes para mim. Estava ficando claro que seu amor era realmente real. Eu ainda não tinha aberto presentes antes que ela me desse uma grande palestra.

Ela começou a falar sobre obter um passaporte estrangeiro: "Você disse desta vez. Eu não me importo. Já passaram cinco meses, e percebo que tenho de voltar a ser mais social e a viajar, especialmente mais frequentemente para o Irã." Ela furiosamente pegou seu telefone e me mostrou fotos de homens diferentes. "Alborz... falando sobre picos naquela carta. Você não pode me controlar se eu não quiser. Eu posso ter cem pilas, mas não, não estou interessado neles. Você imaginou tudo, você disse que eu sou uma prostituta. Misa riu sobre isso. Ele me conhecia há nove anos, não estávamos fodendo e depois não tivemos contato até há apenas três anos quando ele enviou uma mensagem dizendo, o que você está aprontando? As pessoas estão falando do seu caso e eu disse o meu rabo. Se ele fosse meu namorado, ele não perguntaria onde estou por tantos dias quando estou com você? Como Kohli é amigo de Meena, ele é apenas um amigo. Eu tenho vários amigos e posso mostrar 1000 fotos. Anahita está ocupada ficando com Rajat e eu nem tenho namorada. Milin está se acertando. Agora Anahita mal me encontra."

Pantea continuou por uma hora, depois de algum silêncio, ela continuou, "Eu lutei com você Azizaaaam, te beijei, e fiz amor com você. Percebi meu erro, mas tudo isso aconteceu por causa de alguns incidentes e minha experiência anterior com o médico estava no fundo da minha mente. Eu não quero mais nenhum amor e não estou interessado em ter um namorado até que você esteja lá. É você que está traindo Rozhan e eu não te traí. Por outro lado, tenho um entendimento convosco, mas sou uma rapariga livre. você não pode me controlar." Tivemos algumas bebidas e fomos ao Palácio Falaknuma para um jantar especial e depois regressámos ao hotel para o dormir.

Fiquei irritado com Pantea na manhã seguinte. Eu estava abraçando com ela, acariciando seu cabelo, e ela disse, "Ou nos levantamos, dormimos, ou você me fode, mas como você sabe pela manhã, tome medidas se você quiser fazer isso porque eu sou preguiçoso."

Eu disse, "Vamos levantar..."

Então ela tocou no meu pau e disse, "Veja se está de pé e eu lutei e está morto agora. Venha, eu vou foder com você." Ela veio até mim e fez isso.

Ela foi grosseira, como sempre. Nunca gostei da palavra foda, meu amor por Pantea tornou isso impossível. De qualquer forma, levantámo-nos sem ele, já que não estava mais no clima. Taj Krishna tinha serviços horríveis. Ela continuou dizendo que era tão chato neste hotel. Mas então mudamos para Falaknuma enquanto tínhamos uma reserva lá nos próximos dois dias. Ela tinha se tornado mais crítica de tudo, por causa do que eu fiz a ela como detalhado no segundo livro QUE O FIZ.

Capítulo Vinte E Quatro:

Os Taureanos São Viscoso?

Chegamos ao Palácio Falaknuma. Na entrada há um carrinho de cavalo que te leva à varanda onde eles oferecem uma bebida bem-vinda. Depois, eles tiraram a sua foto juntos. Enquanto subem as escadas da entrada do palácio, eles borrifam pétalas de rosa vermelhas a 2 metros acima. Ela se mostrou relutante em juntar uma foto devido ao incidente anterior de mandar nossas fotos para Misa. Mas, de qualquer forma, eles tiraram a fotografia porque ela não gostava de ser grosseira ao recusar.

Por volta das 15:30 eu disse a ela que estava com sono. Como sempre, ela disse, "Você é sempre assim, quando eu durmo você dorme. Se você quer foder então diga ou faça." Fui me deitar fora na sala e dormi por dez minutos.

Ela entrou na sala e sentou-se em mim, "Oh, não gostou da palavra foda, foi por isso que se acalmou? Você quer fazer amor. quer que eu diga? Oh, eu quero você e faça isso de novo e de novo." Ela me surpreendeu com suas palavras e continuou, "Como as meninas pornô são toda sua vida, elas estão fazendo drama e a primeira vez que nos encontramos aqui você disse por que você está fazendo tanto barulho? Eu costumava fazer barulho porque os clientes sempre gostavam disso. Alguns clientes eram tão engraçados, perguntando-me, você gosta do meu pau? Mesmo que você odiasse fazer isso, eu tinha que dizer, oh, eu gosto, é tão difícil, etc. etc." Eu ouvi a palestra dela. "Esses clientes eram tão engraçados, embora eu não fosse uma puta. Eu só estava fazendo isso por dois anos e você me conheceu."

Eu estava rindo porque seus comentários eram tão engraçados. "Nunca fui como esse tipo de cliente na minha vida."

Ela disse, "Sim, Alborz, eu sei."

Enfim, ela fez amor comigo, como ela sabia que para mim não era sexo ou merda, era meu amor por ela. Mais tarde, por algumas horas, falávamos da mãe e do pai dela. Quando ela tirou todos os seus pensamentos, nós fomos até a piscina e pedimos comida. Eu disse a ela, "Não se preocupe, eu estou sempre ao seu lado."

"Eu sei, mas você me machucou muito." Ela já não era a mesma: sua mente e cérebro foram afetados. Ela disse, "Eu não me importo mais, e eu não estou preocupado, pois sei que alguém pode foder minha vida a qualquer momento e de qualquer jeito."

Foi uma situação difícil para mim. muitas vezes, ela me irritou, mas então me fez sentir bem. Os meus sentimentos estiveram por todo o lado durante algum tempo. Eu não sabia o que estava por trás dos seus pensamentos. ela queria usar-me ou tinha caído em mim? Misa pode ter fodido sua vida várias vezes com suas palavras, já que novamente ela não estava em telefonemas ou mensagens o tempo todo. Às vezes eu também estava desconfortável, mas eu a amava tanto que nunca conseguia explicar por que isso aconteceu e ela nunca quis entender, nem ela estava disposta a me ouvir.

Então ela queria tirar uma soneca, e me fazer fazer sua costura (ela gostava de seus braços arranhados suavemente com minhas unhas e mãos). Ela finalmente adormeceu. Pantea era como um bebê para mim, e eu sempre a veria cheia de amor, o que ela não gostava de mim. Eu a vi dormir. ela sempre olhou dez anos mais nova, mas olhou quarenta agora, sua idade. Esses cinco meses a mataram completamente. Eu era culpado e não sabia como recuperar sua juventude. ela era meu amor, e eu me odiava pelo que fiz.

Quando Pantea se levantou, ela me informou sobre ir tomar um banho. Foi surpreendente, pois ela nunca tomou banho ou sentou na banheira. "Você vai me trazer uma cerveja?"

Eu a peguei, e sentei perto dela do lado de fora da banheira, conversando e compartilhando a cerveja. Falámos de Sridevi, uma atriz de Bollywood que morreu em Dubai. Discutimos o seguro e outras coisas que Boney Kapoor, seu marido, tinha comprado. Ele estava de luto, embora talvez ela tenha morrido para conseguir dinheiro de seguro para ele. Ela riu de mim como sempre, "Por que uma mulher faria isso? Parece que os homens indianos esperam demais de uma mulher. Eles até querem que uma mulher faça isso."

Depois que ela saiu da banheira, eu me sentei e escrevi. Pantea saiu para sentar. Dei-lhe algum tempo sozinho. Ela sempre disse, "Eu tenho que me sacrificar por você quando estou com você desde o que eu gosto de fazer, eu não posso fazer. É o mesmo com os meus pais."

Eu disse, "Você não precisa sacrificar nada por mim. Estou disposto a fazer qualquer coisa como você quer que eu faça."

Ela começou de novo, "Eu não quero nada de você. Qualquer um pode fazer qualquer coisa a qualquer momento, agora não confio em ninguém. Ele era uma pessoa que estava sempre disposta a ajudar se alguma vez precisasse de alguma coisa." Ela quis dizer Misa.

Mas isso me surpreendeu, como nunca ouvi falar de alguém que a ajudasse, exceto Milin. Eu estava sempre pensando. Eu a ajudava com tudo. Ela disse, "Esta é toda a sua imaginação."

Eu sabia de vários incidentes qual era o seu interesse em Misa. Ela tinha ido para Goa, e ela não me disse, caso contrário ela me contaria tudo. Algo aconteceu. Ela poderia estar com ele, mas ele tinha desempenhado seu papel de forma inteligente. Eu não lhe enviei nenhuma mensagem de que ela era uma garota chamada, ao contrário ele me enviou mensagens para conquistá-la, mas ela não acreditaria em mim e acreditaria nele. Pensei que ele a tinha conquistado, e a perdi porque lhe enviei algumas das nossas mensagens e fotografias. Mas ela precisava se sentir confortável com o que queria. Ela discutiu comigo sobre a sua imagem no WhatsApp, mas depois eu também tinha enviado fotos semelhantes de nós juntos. No entanto, discutir era inútil, porque se eu dissesse uma frase, ela responderia com 100.

Pantea me dizia que eu imaginava tudo. Mas depois de ouvi-la completamente, eu sabia que a verdade era com Pantea ou Misa. Mas minha análise continuou de duas maneiras: (A) Eu estava completamente errado. Além disso, estava à espera dela, porque não era o nosso entendimento e ela tinha razão. (B) Talvez Misa tenha sido um jogador legal e possa estar por trás do episódio da QUEM O FEZ, pois o médico também pensou que havia algum terceiro envolvido. Além disso, ela disse que ele a conheceu há três anos para me dizer que as pessoas estão falando sobre Pantea e eu. Três anos atrás significava 2015 e a QUEM O FEZ, aconteceu em 2016. (C) Desta vez Misa permaneceu nos bastidores e deixou tudo acontecer no seu caminho.

A única coisa que me passou pela cabeça foi, se Misa tinha que fazer algo com ela, então por que Pantea voltou para mim? Ela estava se sacrificando por mim, pensando que eu precisava dela? Francamente, eu também tinha seguido em frente. O meu verdadeiro amor por ela estava a segurar-me. Queria desfazer o que tinha feito. Mas parece que a machuquei muito. a dor era óbvia. Mas eu ainda era da opinião de que não fiz nada de errado. Tive que contar a esse cara sobre nossa relação desde que ele me instigou, mas ela ainda estava sob outra impressão. Eu acredito que ela nunca entenderá, mesmo após minha morte. Ela nunca me dirá a verdade, pois não irá compartilhar o que estava em sua mente, nem me dirá o que aconteceu.

Enfim, ela estava sentada lá fora enquanto eu ficava lá dentro. Cerca de trinta minutos depois, ela perguntou, "Por que você não veio para fora?"

Fiquei quieto, mas de fato, assumi que ela queria seu espaço, como ela costumava me entalar incansavelmente. Ela sentou-se comigo lá dentro e começou novamente, "Agora não me deixe começar de novo, você fez um ato criminoso e você é sorrateira e... eu estava lendo que os Taureanos são sorrateiros, agem bem, mas dentro eles estão fazendo algo diferente, pensando em fazer coisas erradas para as pessoas. Eu estava realmente magoado." Então ela disse, "Outra coisa também: Taureanos odeiam todo mundo lá dentro. E Aries são simples."

Eu não entendi o que significava direto nesta conversa. Ela era muito magra, indo com outro homem e transando com ele atrás de portas fechadas e se escondendo de mim do outro lado. Eu não estava olhando para nenhuma outra garota todos esses anos até que ela me deixou. Mas uma única palavra minha traria um fim à nossa relação de novo. Na verdade, eu sou o tipo de pessoa que pode ouvir todo o tipo de coisas irrazoáveis e ficar quieta. Eu só suporto tudo para deixar a relação existir em vez de matá-la. Se você quer falar sobre ser viscoso ou odiar dentro de sua sinceridade, eu não consigo entender. Ela escondia várias coisas sobre seu caso, e eu tinha razões para duvidar dela devido à sua relação com o médico, que ela chamou de um caso aleatório. Mas para ela, nossa relação tinha um certo entendimento e eu estava farto desse tipo de entendimento. Mas então, foi assim que começamos.

De qualquer forma, fomos jantar, então quando eu pedi o cheque, nos disseram que eram elogios do gerente geral do Palácio Falaknuma. Quando saímos, disse-lhe que eram 400 dólares.

Ela disse, "Por que você desperdiça dinheiro que poderíamos ter na sala, você poderia me dar esse dinheiro."

Eu expliquei, "O que você quiser, você vai conseguir."

Mas novamente, ela disse, "Não quero nada de você."

Ela estava sempre me encharcando e eu nem me incomodava com bolo e flores. Como de costume, entendi que era o jeito dela, só que ela sacrificou vir me satisfazer. Ela até disse, "1 de setembro é seu aniversário, não é nosso aniversário." Era o meu aniversário. Eu estava lentamente quebrando e fugindo. Mas novamente, foi por causa do que eu fiz, que ela não tinha digerido até agora. E talvez ela nunca me perdoasse.

Ficamos aqui pela noite, falando de várias coisas até as 12h45. Tentei fazer amor, mas de novo não foi amor dela. Essa Pantea não era a mesma garota que eu me apaixonei, ela fez sexo de novo, mas parecia um sacrifício.

Depois que fizemos amor, não consegui dormir por causa de como ela se comportou. Eu não sabia como desfazer o que tinha feito. Pela manhã tomamos um café da manhã tarde por volta das 12h30.

Ela estava lendo no Google que Taurus é trabalhador e perseverança etc. etc. Eu disse, "Foi assim que eu segui todo o meu trabalho", que ela apreciou. Falava do Radin e como ele fica ansioso por estar no tribunal.

Ela disse, "Sim, ele é jovem. Na sua idade, ele se acomodará. Sim, foi o que eu disse a vocês. Olhe para a sua idade. Quero dizer, como você pode fazer o que você fez comigo nesta idade? Você deveria ter agido maduro."

Os meus pensamentos correram, mas não podia dizer nada. Imagino que, nesta idade, um homem ama uma mulher, faz tudo por ela, e ela anda a brincar com outro homem? A que pode um homem reagir? Meus queridos leitores, me diga o que você faria? Foi uma situação estranha. Sinto que algo estava errado com a cabeça dela.

Capítulo Vinte E Cinco:

Perturbada Com Seu Comportamento

Desde que chegámos, o comportamento de Pantea era errático. Até afetou o meu sono naquela noite. Por volta das 9h30, ela estava olhando para seu telefone, e eu perguntei a hora. Ela respondeu, "Eu me mexo e você me vê se movendo." Pareceu estranho. Eu pensei que ela disse, você estava se movendo muito a noite toda. Levantei-me e saí da sala para falar com o Rozhan e depois voltei e dormi no sofá durante cerca de uma hora e meia. Depois de me levantar, continuei a fazer anotações sobre o que estava acontecendo ao meu redor.

Pantea levantou-se por volta das 11h30 e perguntou, "O que você está fazendo no telefone no escuro? Você poderia ter saído." Ela não sabia que eu estava fazendo anotações em cada momento da nossa estada.

Tomamos café da manhã por volta das 13h e depois por volta das 14h, Pantea foi à academia. Eu reservei o bilhete de volta de Teerã para Deli.

Ela partiu no dia 7 de setembro. Eu disse-lhe, "Querida, o meu homem está na classe executiva da Mahan

Airways em Deli-Teerão. Quarta-feira - Sábado - Domingo 2:40 chegada de partida 5:20 da manhã depois de Teerão - Deli Terça-feira Sexta-feira Sábado 20:50 partida chegada 1:20 da manhã. A classe econômica de ida e volta é de 1260 dólares americanos e Teerão-Deli de sentido único é de 1360 dólares."

Mas Pantea reservou seu voo sozinha pela primeira vez, um voo da classe econômica Emirados. Mas reservei o retorno de sua classe executiva, embora ela quisesse vir no ^{dia} 21. Eu sugeri que havia um voo no sábado à noite também, então ela não precisava estar em Delhi por muito tempo. Eu sempre fui ganancioso para passar mais tempo com ela. Mas eu queria fazer como ela gostava. Ela sempre pareceu muito desequilibrada. Ela tinha se tornado tão impaciente, como ela era quando nos conhecemos pela primeira vez. Eu tinha feito Pantea perder algo na vida.

Já foi longe o suficiente que ela estava criticando o motorista a caminho de Hyderabad pelo voo para Delhi. O motorista colocou as duas malas no carrinho, e ela pegou o carrinho e o fez rolar embora. Embora no passado, eu o teria feito. Eu estava tentando deixá-la fazer coisas à sua maneira. Chegámos ao balcão de registro da Vistara Airlines. Havia um passageiro na nossa frente, e ele se mudou para o lado.

Pensei que ele tinha acabado de entrar. Então, eu dei meus ingressos no balcão. A garota disse um minuto, senhor, então o contador seguinte me ligou desde que ele estava livre.

Fui ao balcão seguinte, e Pantea seguiu. Mas ela estava furiosa por nada. "Vocês índios sempre querem ser os primeiros. Não podias esperar que aquele homem terminasse e depois fugiste como se eu fosse um porteiro." Foi a primeira vez que a deixei rolar o carrinho. Ela continuou por todo o terminal. Fiquei quieto, mas estava muito, muito desconfortável quando ela agiu de tal forma.

De qualquer forma, no voo, ela se resfriou. Então ela disse, "Eu vou a Delhi pela primeira vez em seis meses. Eu vim em março."

Eu a lembrei erradamente, "Foi em fevereiro..." Ela não tinha vindo durante a primeira semana de março. "Você foi para Goa, e eu vim te ver quando você voltou."

Parecia que eu a tinha lembrado do incidente em Goa, e ela disse furiosamente, "Não, eu fui a Goa em fevereiro."

Então eu disse, "Eu também vim para Mumbai no dia 10 de agosto, depois do dia 25 de maio."

Ela disse, "Não foi em junho. Porque houve um jogo de futebol no dia 25 de junho"

Verifiquei o bilhete de Krystia no meu telefone, e ela estava certa: era 25 de junho. Mas pareceu que a lembrei de eu estar lá com outra garota. Tenho certeza que seu cérebro e mente estavam passando por coisas diferentes. Ela não estava no seu estado de espírito por qualquer razão. na sua mente, eu a enganei.

E, novamente, depois de aterrissar foi, ela que estava com pressa. Eu disse, "Há uma senhora na frente que tem de entrar numa cadeira de rodas." Ela não percebeu que eu estava esperando por aquela senhora, e outro passageiro estava usando um casaco.

Voltei para sair do caminho, o que ela mais uma vez entendeu errado. "Por que você estava tentando superá-lo?"

Estranho, senti que algo estava errado na cabeça dela. Ela voltou a começar com uma palestra. Eu disse, "Você recuou." Eu expliquei que ela estava errada, mas não fez nada de bom. Pantea ainda se recusou a ouvir.

Ela continuou dizendo, "Se fosse outra pessoa, eu teria criticado, mas quando um homem comigo é assim, eu não posso aceitar tais coisas."

Quando estávamos à espera das nossas malas, ela disse, "Vamos mais longe para onde as malas estão a sair."

Eu disse, "Ok..." mas se eu tivesse dito que ela perguntaria por quê. Como é que alguns segundos importam? Ela sempre falava oposto ao que eu fiz ou disse.

Então ela voltou para o porteiro. "Eu vou pegar minha bolsa e rodá-la, você pega sua bolsa no carrinho."

Eu disse, "Ambas as malas podem ser colocadas no carrinho. Eu vou rolar o carrinho." Mas algo estava a mexer na cabeça dela. Então, ela enrolou a bolsa, e eu rolei o meu carrinho. Deixei-a fazer o que queria.

No caminho para o hotel, ela estava novamente criticando o motorista; por que ele está indo tão devagar e tudo mais. De qualquer forma, nós checamos a sala, que estava fria. O ar-condicionado não se desligava, por isso liguei para a manutenção para o consertar. Pantea também não gostou do ar frio, mas ela disse, "Você é como minha mãe." Ela disse, "Oh, estou me sentindo frio, meu ombro, e assim por diante. Vocês são perfectanamaki. (Palavra persa)". Significa muito nazuk no Hindi, e em Inglês é frágil.

Ela estava com vontade de assistir alguns programas de TV, então eu peguei a cerveja pronta, e nós a compartilhamos. Depois fomos a um restaurante japonês para jantar. Voltamos. Sentei-me na sala de TV enquanto Pantea foi à lavanderia, tirando o tempo que tinha. Ela derrubou a colcha e jogou um travesseiro no sofá. Eu respondi, "Eu poderia ter feito isso por você."

Novamente, ela estava furiosa. "Inacreditável, você está assistindo cada coisa que eu faço, de manhã também. Eu olhei para o meu telefone enquanto você estava dormindo e você se levantou e perguntou que horas eram. Você estava assistindo o que eu estava olhando no meu telefone, e agora você está assistindo o que eu estou fazendo?"

Foi estranho para mim. Eu não sabia o que estava certo e o que estava errado. Desliguei todas as luzes. Eu imaginei que se ela quisesse ficar sozinha, então ela deveria ter apagado as luzes.

Eu disse, "Boa noite." Então deitei-me do lado da cama. Mas perturbado pelo comportamento dela não consegui dormir, então levantei-me. Enquanto estava deitado na cama, eu estava no meu telefone até 1 da manhã, que de outra forma era o hábito dela, como ela estaria no telefone até as 3 da manhã e eu dormiria. Eu não conseguia dormir bem e estava acordado a noite toda, às vezes dormindo, mas estava muito perturbado. Ela dormiu bem, como não se importava. Eu não sabia o que fazer. Eu estava confuso, me perguntando se tudo entre nós estaria bem.

Capítulo Vinte E Seis:

Dela Últimas Palavras Me Fez Esquecer Tudo

Concluí que o que quer que estivesse acontecendo, era um gesto inútil lutar. Era melhor que ela renovasse seu visto por mais um ano para que ela pudesse ficar na Índia. Então continuava pagando o dinheiro do bolso, mas ela começou a chamá-lo de salário. Não concordámos em reunir-nos durante algum tempo depois; talvez no fundo, eu estava mais confortável com Krystia, já que a relação não tinha limites ou bagagem para atrapalhar. A mente de Pantea me afastou, e eu não entendi por que ela estava agindo assim comigo. Foi um grande ponto de interrogação.

Se ela não gostava de mim ou tinha queixas, não era da sua natureza continuar a ver-me. Ela teria acabado de sair ou voltaria para casa. Mas algo me atraiu para ela, não importa o que tivesse acontecido. Eu fiz uma promessa... exceto que era difícil ignorar meus sentimentos que estávamos nos separando. Admito estar separado sobre como lidar com a situação. vê-la zangada com cada pequena coisa, uma ou outra coisa, perguntando o que viria a seguir também me deixava louca. A única coisa que eu sabia com certeza era que Pantea entraria em seus sentidos um dia e veria como ela estava atuando. A não ser que ela estivesse me tocando, mas de novo, pelo que eu a conhecia, ela não é assim. Seu coração sempre foi claro, e ela nunca agiria ou faria nada desonroso.

Mais tarde, por volta das 13h enquanto tomava um café da manhã tardio, eu perguntei, "Você dormiu bem?"

Ela respondeu: "Eu não dormi bem. Vi-te a fazer rostos enquanto desligava as luzes e mesmo de manhã. Você deveria falar em vez de me mandar cartas. Eu já estou fodido."

Eu disse, "Você tem paciência para ouvir?" Eu expliquei que a maneira como você disse não estava correta.

Ela disse, "Mas eu não gosto que você faça tudo por mim. Se eu quiser que você faça alguma coisa, eu lhe direi. Você faz essas coisas para os outros em casa? Por que você faz coisas tão pequenas para mim? Apenas não faça isso. Eu não gosto. Se eu quiser água, eu mesmo vou pegar, e se eu jogar travesseiros, eu mesmo vou fazer isso. Você não precisa fazer tais coisas."

Ela começou a gritar comigo por meia hora. Eu disse, "Veja, você não tem paciência para ouvir." Eu sorri, "Agora devo marcar um encontro para o spa, já que você me disse ontem que queria ir hoje?" Ela não conseguiu, então eu finalmente fiz isso por ela. Eu realmente não sabia o que ela queria que eu fizesse, ou o que ela não queria que eu fizesse.

Então ela queria água. "Você quer que eu pegue?" Eu estava ficando cansado da raiva dela.

De qualquer forma, um dia depois, fizemos amor, e sempre me fez esquecer tudo, já que sua carinho era boa demais, o que também era arrependido. Eu não sabia como mantê-la feliz. Isso me confundiu. Depois, enquanto ia ao spa, esqueceu-se de pegar os vales spa que lhe dei, mas mantive a boca fechada. Estou certo de que isso a incomodaria um dia, uma vez que, finalmente, depois de 15 minutos, teve de regressar e obter os vales.

No fundo da minha mente, eu sabia que um dia ela sentiria falta de tudo o que eu tinha feito por ela e mudaria de opinião, porque a menos que ela perguntasse, eu não faria mais nada. Não era da minha natureza agir desta forma, mas ela queria que eu me tornasse uma pessoa diferente. Enfim, eu me parei e mudei para ela, mas um dia ela acharia que algo estava errado comigo.

Nós fizemos amor apaixonado de novo naquela noite antes do voo dela. No entanto, aceitei que era sexo, não amor, mas ainda assim a paixão dela por mim existia.

Ela disse, "Parece que você está brilhando desde que eu estou indo, e minha ida é fazer você feliz."

O que eu poderia dizer? Se eu contasse a verdade, ela ficaria brava. Não importa o que eu disse, ela ficaria furiosa. Então, eu só não disse nada.

Ela respondeu: "Estou brilhando porque você está comigo." Eu só podia imaginar seus pensamentos desde que toda a viagem que ela passou comigo estava de mau humor e ela pensou que eu estava farto. Francamente, não pude pesar a situação mental dela por causa do que eu tinha feito.

Naquele momento, não havia dúvidas de que ela poderia lamentar esta reconciliação. Eu tinha destruído a nossa relação, e parecia que a paz dela tinha desaparecido. Eu não sabia se podia desfazer o que tinha feito.

A caminho do aeroporto, queria dizer-lhe algo e disse-lhe da minha intenção, mas mudei de opinião. Ela então me pediu para contar a ela.

Eu estava relutante, ela ficaria irritada. "Ok, eu vou te dizer quando estamos prontos para partir no aeroporto." Mas ela me empurrou tanto que eu tinha que dizer. "Sentirei sua falta." Pensando no incidente de Dubai, eu tive medo de dizer isso.

Ela queria se demitir, mas ficou calada por alguns minutos. Então ela suspirou, "Eu... ...senhorita...você.... também. Beije-me." Esqueci-me de tudo o que ela tinha feito durante toda a viagem, com estas palavras e o seu beijo, porque sabia que vinha do seu coração.

Capítulo Vinte E Sete:

Depois Que Pantea Voltou Krystia Perdeu Seu Charme

Pantea aterrissou em Mumbai no dia 5 de setembro. Ela precisava de um remédio para o pai que não estivesse disponível em lugar algum e pediu-me para encontrá-lo. Tentei todas as minhas fontes, mas sem sucesso. Não consegui encontrá-lo.

Mas mais tarde ela confirmou, "Querida, falei com uma loja de medicina, comprimidos estão disponíveis. Parece que ele me avisa amanhã. Encontrei um ALS alternativo, obrigado."

Eu disse, "Ótimo, então não vou continuar." Mas então eu continuei, "Querida, não há injeção alternativa disponível mas eles querem receita médica."

Ela então disse, "Se você conseguir algo, por favor, me avise também."

Eu concordei. Pantea voltou e disse, "Eu ainda não consegui encontrá-lo. Vamos ver se um químico pode fazer isso como ele me disse que está lá, mas ele me dirá até amanhã. Há uma alternativa, é uma queda. Não sei, isso também não está disponível."

Ela reencaminhou o nome das gotas. Eu disse, "Querida, eu o encaminhei. Mesmo que eu chegue amanhã, eu levarei para você vindo eu mesmo."

"Não, querida, está tudo bem. Se você também conseguir, fique com ele, eu levarei da próxima vez."

Eu disse, "Eu vou te avisar amanhã. continua tentando o seu lado."

No meu coração, rezei para que Krystia não conseguisse visto. Mas, para minha surpresa em 5 de setembro, 2018 à tarde, Krystia me enviou fotos de seu visto que recebeu por um ano até 4.9.2019. Era uma renovação do visto de estudante. Eu não tinha nada a dizer a não ser parabéns.

Ela enviou mensagens, "Eu te amo... e sinto sua falta. Até logo."

Eu não sabia o que estava acontecendo, qual era o meu destino. Tive que esperar para ver como lidar com a situação quando ela surgiu, já que eu não queria abandoná-la também. Estava a encontrar-me numa situação semelhante em que Pantea se encontrara, mas só amei Pantea.

Pantea me enviou uma mensagem no dia seguinte, "Como está meu herói?"

Eu respondi, "Oi, seu herói é bom, mas zero sem você."

Pantea disse, "Você deveria ser um herói sempre."

"Obrigado, eu serei. Imaginem, Praja se juntou ao Sunny na semana passada?"

Ela disse, "Oh, sério? Bom. Desde que brigamos por alguns meses, Praja estava brigando com seu namorado também."

"Bem, querida... Eu estava enviando a vocês uma mensagem que ainda não tinha sucesso em encontrar o remédio, mas a busca está ligada."

"Você pode me ligar quando estiver livre?"

Ela confirmou, "Eu tenho o remédio, ele virá depois de 4 dias. Vim comprar chá. E posso ativar o roaming internacional no meu telefone?"

Encontrei os pacotes de roaming internacional e enviei-lhe os detalhes. "Você quer que eu o ative para você?" Não era uma preocupação com dinheiro, mas ela era preguiçosa demais para fazer isso sozinha. Eu adorava fazer tudo por ela, isso me fez feliz.

No dia 7 de setembro, Pantea reservou seu voo. Chegou a hora de Pantea voar para casa. Ela deixou Mumbai para Teerã via Dubai no dia 7 de setembro. Fiquei orgulhosa da senhora deputada por querer assumir mais responsabilidades, mas, por outro lado, era algo que ela não tinha dominado. Ela reservou o voo sob a economia, e eu queria dizer algo como você deveria se atualizar para o negócio e eles vão te dar uma olhada, mas estava com medo que ela atirasse de volta como de costume. Quando ela chegou ao aeroporto, recebi fotos dela tentando passar pela segurança e pela imigração. Ela parecia infeliz e reclamou da bagunça enviando fotos. Ficamos em contato a noite toda até a aterrissagem dela. Sentia-me bem como eu estava apaixonado.

Isso a incomodou, e ela disse, "Eu estarei aqui por mais de uma hora, eu acho, e o mesmo na imigração. Eu me fodi, sou estúpido."

Eu a consolei, "Às vezes você escolhe. Da próxima vez, não cometa o mesmo erro de novo." Ela sempre me sentiu obrigada pelas coisas que fiz em seu nome. Pantea respondeu: "Vim ao balcão de negócios e me inscrevi. Eu disse-lhes que queria atualizar, mas sabia que não o fariam. Eu disse a eles que ficar de pé era muito difícil. Disseram-me que, a menos que eu tenha os quilômetros, não pode ser feito. Então, de repente, ele disse para vir aqui, eu vou te dar uma olhada. Entrei rápido com a imigração. O meu rabo foi salvo. Até logo, Alborz. Querida, eu tinha esquecido de perguntar, você não enviou aqueles 400 dólares, seu dinheiro de presente? Contei hoje e foram 8000 dólares. Agora estou no voo, vou dormir."

Não expliquei o dinheiro enquanto a deixava no aeroporto de Delhi. Eu a lembrei várias vezes, mas ela se perdeu no pensamento. Eu finalmente disse, "Boa noite, tenha um voo seguro." Se eu tivesse pensado na mesma ideia de cortar a fila, ela teria me irritado, então eu não disse porque eu estava com medo.

Krystia veio à Índia no dia 8 de setembro, e me perguntou, "Querida, vamos nos encontrar hoje?"

Eu perguntei, "A que horas?"

Krystia disse, "Estou livre, a que horas você quer se encontrar?"

"Estou trabalhando até às 19h."

"Ok, depois do trabalho." Na verdade, eu estava deliberadamente dizendo que estava trabalhando. Não tinha interesse em conhecê-la, já que Pantea estava de volta na minha vida. Apesar de eu ainda não ter certeza de Pantea.

Krystia disse, "Não nos reunimos nos últimos dois meses. Mas não sei quando estarei livre a seguir."

Eu disse, "Sim, esse é o problema com você." Ela insistiu que nos encontrássemos hoje. "De repente não consigo fazer um programa para me encontrar. Preciso de pelo menos um dia para fazer uma desculpa em casa."

Krystia disse, "Podemos nos encontrar depois que seu trabalho terminar. Você não me ama?" Ela disse, "Por favor, quero vê-lo hoje. Sinto muito a sua falta."

Não podia dizer não. "Deixe-me fazer alguns planos."

Ela disse, "Hoje? Hoje, não tenho trabalho, quero me encontrar. Talvez vamos jantar?"

Eu disse, "Eu te disse, não posso dar desculpas em casa de repente, como minha esposa sabe todos os meus planos para o dia."

Krystia insistiu novamente, "Você não pode dizer que de repente você tem um compromisso? Por favor, pense em algo. Eu preciso de você. você não está me entendendo."

Eu expliquei, "Meu escritório está em minha casa. Rozhan está em casa, e eu não posso simplesmente vir te ver."

Krystia disse, "Ok, eu posso ir à sua área para o hotel que você quer."

Eu expliquei, "Não faz diferença se está aqui ou ali."

Ela disse, "Pense em alguma coisa, você é o super-homem." Mas eu estava evitando a reunião.

Uma das qualidades maravilhosas de Pantea foi que ela sempre falou do coração. Ela nunca mentiu sobre seus sentimentos. Nos últimos sete dias desde que ela partiu, recebi quatro mensagens de Pantea dizendo que sinto sua falta. Ela me mandou uma mensagem no dia 12 de seu telefone dizendo que me ligaria, mas por causa da diferença de tempo e da presença de seus pais, ela levou dois dias antes de ligar.

Então, na noite do dia 14, ela respondeu: "Eu te chamo..."

Quando ela finalmente ligou, eu estava dirigindo. a minha família e eu íamos a um filme. Apesar de estar com febre, queria falar com Pantea. Não pude ir lá fora e ligar-lhe até que houvesse uma pausa no filme. Eu liguei para ela. Pantea parecia muito feliz. "Estou perdendo você."

Eu disse, "Eu estou me impedindo de dizer isso..." o que significava "Eu também estou perdendo você."

Pantea tinha saído na manhã do dia 11 da sua cidade natal para férias em Belgrado, via Istambul, com os seus pais. Como de costume, levantei-me de manhã e bekheir sóbrio, embora a mensagem não pudesse ser transmitida desde que ela estava a viajar de avião ou a caminho do hotel.

Para minha surpresa, recebi uma mensagem de Krystia, "Olá amor, estou em Delhi e voltei de Karnal. O que você está fazendo? Quer se encontrar hoje?"

Eu disse, "Sim, tenho tempo." Não fiquei entusiasmado em conhecê-la, embora não pudesse negligenciá-la, uma vez que tinha assumido alguns compromissos. Além disso, ela foi meu desafio de Pantea de estar com uma criança de 25 anos.

Além disso, Krystia tinha sido minha falha, então a situação me deixou frustrado. Eu não queria estar com ela, nem queria negligenciá-la também. Quando não tinha a certeza sobre Pantea, Krystia preenchia todas as lacunas que tinha com Pantea. Krystia gostava de andar de mãos dadas, gostava de dizer que me amava, etc., etc., o que Pantea nunca faria ou diria. Mas eu não gostava de ir a Krystia, porque eu amava Pantea. No entanto, foi isso que Pantea me fez, mas ela ainda não estava empenhada em mim. Decidi deixar o resto para o destino, tinha certeza que meu amor se dividiria. Krystia e eu concordamos em nos encontrar no Hotel Taj às 17h, então a história continua.

Se você está se perguntando, eu não fui. Eu peguei febre naquela tarde. Minha resposta veio claramente, Deus falou. Mensagei Krystia, "Estou com febre e não posso me encontrar com você hoje."

"Por favor, beba remédios e venha de qualquer jeito. Vamos nos encontrar por pelo menos uma hora, sinto sua falta, vim depois de cinco semanas."

Mas eu não estava entusiasmado. "Estou com febre alta e não me sinto bem. Por favor, tente entender, eu também sinto sua falta." Se fosse Pantea que me pedisse para vir, eu teria corrido, com febre alta ou não. Ela era meu amor. Eu tinha sentimentos reais por Pantea. Eu estava realmente apaixonado por Pantea. Eu só queria ela, ninguém mais, mas como eu tinha feito alguns compromissos com Krystia eu também não queria abandoná-la.

Pantea estava em contato contínuo comigo quando levou seus pais para férias para Belgrado do dia 11 ao dia 16, e ela parecia feliz. Mas como eu a conhecia, ela sempre se entediava rápido. Ela continuou me enviando lindas fotos e vídeos, e eu estava louco para ouvir sua voz.

Capítulo Vinte E Oito:

Opinião De Leitoras Sobre Meu Amor Por Pantea

Os leitores podem ver pela conversa que tive no dia 12 de setembro com Nitya, quando eu estava com febre, que meu amor por Pantea era interminável. Nitya era o namorado da minha primeira filha, Meena, embora atualmente eles estivessem lutando pelos últimos dois meses por suas próprias razões.

Sua mensagem veio no dia 12 de 2018, e nós estávamos conversando. Nitya disse, "Olá, bom dia, pai. Espero que esteja melhor hoje?"

Eu respondi, "Olá, bom dia. Ainda estou com febre, mas vai ficar tudo bem."

Ele disse, "Você precisa de um cuidado especial... cuide-se."

Eu disse, "O meu especial cuidado foi para o Irã e não está atualmente na Índia. O cuidado especial não é na Índia."

Ele disse, "Oh! Essa é a razão da sua febre."

Eu disse, "Sim, mas o outro voltou ontem. O que devo fazer agora?"

Ele disse, "O amor está no ar."

Eu disse a ele, "Para evitá-la, eu fiquei com febre. Ela estava atrás de mim para me encontrar ontem. Eu não sei como lidar com a situação. Vou ficar com os dois."

Nitya disse, "Você é meu guru (professor), então eu não posso aconselhar, mas se a febre o perturba, tire o calor."

Eu disse, "Mas será como trair Pantea..."

Nitya disse, "Isso é verdade."

Eu disse, "O que devo fazer? Há tantos compromissos para ambos, estou em um conserto."

Nitya disse, "Pai, honestamente, Pantea é ótima e muito inteligente."

Eu disse, "Mas ela se machucou por mim, não havia nada. Agora ela não é mais a mesma comigo, ela está sempre lutando, me provocando, e eu tenho que escutar tanto."

Ele disse, "Eu sei que você precisa consertar as coisas com Pantea e trabalhar seu charme. Concentre-se apenas nela agora e conquiste-a de volta."

Eu disse, "Eu duvidei dela por engano. Tenho que levá-la de volta à normalidade, mas ela está ferida."

Ele explicou, "Pai, ela está certa em todos os aspectos e você está duvidando dela. Era o seu amor e possessividade."

Eu disse, "Mas a ferida que lhe dei não pode ser reparada facilmente."

Nitya disse, "Pai, se você encontrar uma solução sobre como curar a ferida, me aconselhe também. A ferida vai curar e a dor vai desaparecer porque você é honestamente muito bom, e se eu caí para um cara, é só você até agora na minha vida."

Eu disse a ele, "Eu pude recuperá-la em cinco meses porque eu continuava fazendo tudo por ela sem nenhuma automotivação. Continuei a fazer tudo por ela, não com o objetivo de a recuperar, mas não queria que ela sofresse. Não respondi severamente às suas mensagens desagradáveis e zangadas que a fizeram pensar que sim, talvez eu estivesse errado por alguma razão. Agora ela diz que percebeu que eu posso estar 20% errado."

Ele disse, "Pai, vê? Você a convenceu de que você estava 80% certo."

"Devo dizer-te, Nitya, senão ela é uma noz muito dura. Juro que nunca a esperava na minha vida."

Ele disse com confiança, "Pai, eu disse-te desde o primeiro dia que a vais recuperar na tua vida, que não és desenhado para desistir."

Eu disse, "Mas eu tive que suportar o peso e ainda estou suportando. Agora um novo regressou com um visto de um ano."

Ele disse, "E daí? Você a ama tão aguente quanto deveria. Sem dor, sem ganho."

Eu disse, "Graças a Deus eu fiquei com febre ontem, senão eu iria encontrar Krystia. Não há calor sem Pantea."

Eu disse a Nitya, "Eu amo tanto Pantea, que ela não percebe. Se ela perceber, ela nunca dirá que me ama como sendo muito privada. Mas nesses cinco meses, ela envelheceu dez anos."

Ele disse, "Ela também teve dor. Pai, você tem sorte de ter uma garota incrível na sua vida que vale a pena sentir a dor."

Eu disse, "Eu tenho que recuperar sua juventude. Ela ainda está perturbada. Ela não confia mais em mim, por isso tenho de recuperar a confiança. Tenho de recuperar a sua juventude."

Ele disse, "Pai, o controle de idade está em suas mãos, você é o melhor nisso. Os diamantes são feitos por você."

Eu disse a ele, "Por favor, encontre alguém para um casamento contratual para que ela possa obter um Ex-visto e ficar aqui. Mas encontre alguém que nunca a incomodará. Não quero mais problemas na vida dela. Quero fazê-la feliz, esse é o meu objetivo final. Eu a amo demais."

No dia seguinte ela me enviou alguns vídeos. Ela parecia feliz. "Faz-me sentir bem ver-te feliz depois de tanto tempo."

Pantea disse, "Obrigado, querida. Como está a febre?"

Eu disse, "Eu ainda tenho febre de 100 graus. Tenho tossido muito."

Ela disse, "Talvez você tenha uma infecção."

Eu disse, "Meu peito onde pontos estão ao redor que ossos estão pintando devido à tosse. Não se preocupe comigo, querida. Vou me recuperar."

Pantea me mandava corações suficientes, como eu sabia que seria muito difícil fazê-la dizer, "Alborz, eu te amo."

No mesmo dia, Krystia perguntou, "O que você está fazendo, querida?"

Eu disse, "Deitado na cama."

Ela disse, "Ainda é ruim?? Eu me preocupo."

Eu expliquei, "Sim, ainda é ruim, mas não se preocupe, são apenas 3 dias. Em outros dois dias vai ficar tudo bem."

Ela disse, "Mas todos esses dias, eu me sinto mal, hoje também. Eu me preocupo, querida."

Eu lhe assegurei, "Não se preocupe. É só tosse e frio."

No dia seguinte quando ela perguntou de novo, eu disse, "Eu sou melhor, sem febre desde ontem à noite."

Ela disse, "Estou muito preocupado porque você é minha pessoa. Que bom que você está bem agora, sinto sua falta." Ela continuou me pedindo para me encontrar, mas eu continuei dando desculpas, às vezes que eu tinha alguns convidados em casa. Uma vez ela respondeu: "É bom que você não queira me encontrar. você não está me perdendo." Ela disse, "Por favor, faça alguns planos para se encontrar porque agora já faz muito tempo que não te vi."

Krystia partiu para se registrar no instituto de Karnal, desde que entrou com um visto de estudante. Ela estava sempre a sentir a minha falta e a enviar-me continuamente mensagens que me amava. Eu estava mesmo num picles. Ela queria que eu viesse e a visse em Karnal. A única desculpa que me restava era que ainda não me sentia bem. Eu não sabia o que fazer... eu não queria trair Pantea, ela era meu amor. Mas nesses cinco meses da nossa luta, Krystia e eu tínhamos assumido alguns compromissos uns com os outros. Comprometemo-nos juntos a não nos enganarmos uns aos outros, etc., etc.

Na verdade, eu não queria conhecer Krystia porque eu tinha que ter a mente certa. Eu poderia estar sempre com ambos, nada me poderia impedir de o fazer, e as lacunas de Pantea poderiam ser colmatadas por Krystia. Ela era uma boa garota, alta, bem-naturada, ousada para estar comigo em público, independentemente da minha idade. Seu sinal de nascimento era Pisces e ela queria ser uma garota solteira, mas tudo isso não importava para mim agora. Eu só queria Pantea, já que a amava profundamente.

Eu disse a Pantea, "Você não pode navegar em dois barcos, pois um dia você vai se afogar." O mesmo estava acontecendo comigo.

Pantea havia respondido especificamente, "O que quer que se diga volta para a mesma pessoa de uma forma ou de outra." Agora estava acontecendo com mim, o que eu disse a Pantea.

A noção de dizer a Krystia a verdade me veio à mente, mas eu não queria que ela fosse quebrada por seu namorado a trair. Nunca machuquei ninguém, se alguém estivesse comigo, além de eu ter sido sempre esmagado pela sorte das mulheres. Eu não podia fazer algo ruim para nenhuma mulher na minha vida, e eu sempre tive medo de maldições de uma mulher. Para mim, as mulheres foram a minha sorte.

Então eu também pensei que eu deveria confessar a Pantea, embora ela estivesse ciente do que eu estava fazendo aqueles cinco meses. Mas eu não sabia se ela se machucaria ou não. Eu sabia que Pantea não diria nada. ela também pode não me amaldiçoar, mas ela reagiria dizendo, "É sua vida, Alborz, faça o que você quer fazer."

Não fazia sentido confessar Pantea, como a amo, e não queria dizer que ia ter duas mulheres além de Rozhan na minha vida. Estava a debater-me continuamente comigo, mas não pude tomar quaisquer decisões até esta data. Eu pensei, *deixe o tempo passar, deixe Deus me levar ao caminho certo.*

As mensagens da Krystia continuavam a chegar, e eu continuava a responder, mas evitava quaisquer reuniões. Eu estava em uma situação semelhante à que Pantea havia contratado como narrada pela QUEM O FEZ. E o segundo livro EU O FIZ, que foi feito com razão ou erradamente? Eu agradeceria se os leitores que têm uma opinião sobre mim pudessem postá-la na página do blog alborzazar.net ou em outras plataformas de mídia social.

Capítulo Vinte E Nove:

Sacrifício De Pantea E Nascimento Da Série Raha

Uma vez em abril de 2018, eu estava nos bonecos e chamei de Pandit (professor de conhecimento) no sistema Vodafone que o conecta a um astrólogo. Eles são, na sua maioria, falsos, mas de alguma forma, eu entrei na conversa telefônica.

Eu disse a ele, "Estou muito perturbada e tensa sobre uma garota que eu amava, mas ela terminou comigo."

Ele perguntou, "Por favor, deposite, 11000/-." Então ele pegou meus detalhes, e embora eu não acredite mais em Pandits, eu paguei a ele. Depois disso, ele continuou ligando para descobrir se ela estava de volta na minha vida. O Pandit tinha tanta certeza que tudo ficaria bem com Pantea. Eu prometi a ele que se acontecesse, daria a ele tudo o que ele quiser. Um dia ele me enviou uma mensagem de que Pantea voltará na minha vida com certeza. Mas eu sabia que Pantea, ela nunca me perdoaria.

Finalmente, estivemos juntos no dia 10 de agosto, 2018, o que era simplesmente impossível, e a partir de 1 de setembro, estávamos juntos. Pantea me fez alcançar o impossível me perdoando. Muitas vezes, este Pandit e o meu compromisso para com ele vieram à mente, mas eu queria esperar até ao final de setembro. Depois da prorrogação do visto de Pantea, pensei em chamar este Pandit. Mas ele me ligou em meados de agosto de um novo número, dizendo que isso aconteceria. Fiquei em silêncio, mas a confiança dele foi surpreendente para mim. Na manhã seguinte, ele ligou de novo, dizendo-me que agora ela deveria estar de volta em você é minha vida. À minha maneira, tentei dizer-lhe: "Você continua dizendo isso, mas é muito difícil."

Mas ele ainda disse com confiança, "Pode demorar mais algum tempo, mas será feito." Senti-me culpado por não lhe dizer a verdade. Então, liguei para ele depois de cerca de duas horas e disse-lhe que tinha acontecido. Meu amor voltou e desde que eu prometi a ele o que ele queria. Eu daria a ele. Então, perguntei o que ele queria.

Isso chocou o Pandit que eu sou um homem verdadeiro e lhe disse a verdade. ele não era ganancioso. Ele disse que eu poderia dar a ele o que eu sentisse. Preparou-me para tudo, já que disse que lhe daria o que ele quisesse. Gostei da sua confiança e honestidade.

Ele respondeu, "Compre-me uma bicicleta."

Eu disse, "Pronto."

Nunca conheci esse cara. Durante a tarde, quando vinha do tribunal, fiz perguntas ao telefone sobre a bicicleta. Foi de 500 a 2000 dólares.

Liguei para ele e dei todos os detalhes. "Uma marca de nível médio, automóveis Bajaj." Este era apenas para 1000 dólares. Finalmente lhe dei uma bicicleta no telefone, pagando em seu nome desde que ele ficava a cerca de 1000 kms de distância na vila Bhogna de Uttar Pradesh. Senti-me bem por ter cumprido o meu compromisso com alguém que não conhecia, mas gostei da sua confiança.

Pantea nunca saberia e acreditaria o quanto eu a amava do coração. Ela realmente era minha vida, minha super rainha, minha shehzadi, minha princesa, tudo. Mas ela não acreditaria, pois sempre pensou que se apaixonar é um jogo de jovens. Eu era do meu coração tão jovem quanto 23 anos, o que ela nunca entenderia, e não fazia sentido fazê-la acreditar. Sempre pensei que quando me conectava com ela, um dia ela teria os mesmos sentimentos em relação a mim. Vou esperar por esse dia, embora já tenha chegado um dia como esse quando ela disse que eu também te amo, mas à minha maneira, e novamente disse, eu também me importo muito com você.

Pantea também disse, "Minha vida é feita para sacrifícios. Veja, eu tenho que me sacrificar pelos meus pais indo ao Irã para levá-los de férias e eu me sacrificarei por você também."

Acho que essas palavras foram suficientes para mim, pois sei que ela odeia o drama de dizer que eu te amo, etc., etc. Para mim, ela era a melhor e a mais rara do mundo. Ela me deu vida ao estar comigo, e eu agora carregava mais amor para ela no meu coração.

Mensagens de amor vinham regularmente de Krystia, mas eu não era o mesmo que antes com ela. Ela disse, "Eu posso vir amanhã."

Eu respondi, "Vou partir amanhã para Pequim", embora fosse uma mentira. Pensei que podia passar uma semana e depois fazer outra desculpa. Eu era só para Pantea, ela era meu amor, vivo ou morra. Fiquei entusiasmado por ela ter voltado no sábado, pousando em Deli no domingo, às 1:50 da manhã de 23 de setembro de 2018. Eu só queria Pantea na minha vida. Meu amor por ela era imortal, ilimitado.

Pantea enviou uma mensagem enquanto ia para Teerã a partir de sua cidade natal: "Comprou suas nozes, quer mais alguma coisa?"

Eu disse, "Sim." Mas nenhuma resposta veio me perguntar o que mais eu queria. Entendo que ela não se deu ao trabalho de entender, como eu a conhecia.

Além disso, eu sabia que esses eram os dias de pré-período dela, como ela deveria no dia 23. No passado, costumava dizer-lhe que estes dias são os seus dias pré-temporais, mas não mais como uma vez que ela se irritou comigo perguntando. Eu decidi não falar de dias pré-temporais, mas apenas observaria na minha própria mente, embora às vezes eu perdesse o caminho. Ela chegou a Teerã na noite de 20 de setembro. Ela gostava muito de seu Masi (irmã da mãe). Eles eram amigos muito próximos e compartilhavam tudo, exceto comigo, como ainda, Pantea era mais privada e não discutia comigo com sua tia.

Enviei uma mensagem a Pantea sobre ela perguntando se eu queria algo do Irã. Ela respondeu imediatamente, "Então... diga-me o que quer."

Eu respondi, "Eu só quero você..." Ela me mandou um abraço.

Era verdade que eu só queria Pantea do Irã, nada mais. Ela era meu amor e eu não poderia viver sem ela. Na verdade, todas as suas palavras e mensagens me empolgariam. O que eu costumava obter de Rozhan quando era jovem, ela não era diferente de mim. Só me perguntei quando ela perceberia o meu amor por ela também.

Pantea desembarcou em Deli no domingo de manhã, 23 de setembro de 2018. Eu já a tinha verificado no hotel. Ela foi apanhada pelo carro do hotel e chegou ao quarto às 2 da manhã.

Ela respondeu: "Estou aqui no cofre e no som do hotel."

"Bom, que bom que você conseguiu em segurança."

Eu me certifiquei que a sala estava cheia de temperatura, de acordo com seu gosto, etc., etc. Na mesa, eu deixei uma nota escrita. "Bem-vindo a casa, meu shehzadi. Senti sua falta. Até amanhã."

Quando ela chegou em Delhi, foi a primeira vez que eu não a peguei. Ela não gostou que eu viesse nas mesmas horas da manhã, como sempre fiz.

Capítulo Trinta:

Alborz Nasceu

Na manhã seguinte, cheguei ao quarto de Pantea às 12h30. Nós abraçamos. foi incrivelmente empolgante vê-la feliz em me ver. O olhar em seus olhos não deixou nenhum erro: ela sentiu a minha falta. Entreguei a moeda de ouro, mas disse-lhe, "Não há moedas agora. Em vez disso, dou-vos uma palavra por escrito."

Eu disse, "Eu te devo." Foi além dela entender. "Eu terminei com 100 moedas de ouro de 5 gm cada uma das quais 40 foram em caixa por você. Significa, como nos últimos dois anos, que o senhor tinha recebido 140 moedas de ouro, o que representou que nos últimos dois anos deveríamos ter reunido durante 140 dias. Talvez dez por cento a menos, o que pode ter sido penalidade quando esqueci de levar uma moeda para você cada manhã de café."

Costumava apresentá-la com a moeda com o café da manhã quando estávamos juntos. "Prometo dar a moeda de 10 Gm, por isso vou dar-lhes juntos, mas sem sanções." Francamente, depois não lhe dei moedas como prometido devido à minha insuficiência de fundos. Pantea não pensou nisso, pois não era gananciosa para nada.

Fizemos amor, e ela me deu um trabalho de sopro enquanto ela estava sangrando muito no primeiro dia do período. Então dormimos por cerca de duas horas e meia. A viagem a deixou cansada. Eu sempre podia dormir com Pantea porque o seu toque era mágico. Me confortou bater no sono momento olho rápido profundo. Eu já tinha lidado com a papelada do visto dela. Para a próxima renovação, ela teria de solicitar o visto em Teerão, como seria durante cinco anos e de acordo com as regras, é preciso solicitar um visto de negócios no seu país de origem.

Eu expliquei, "No próximo ano, eu falo com alguns oficiais superiores e os deixo falar com o embaixador em Teerã, para que eu possa vir e conseguir o visto para você."

Ela disse, "Você virá? Mas eu pensei que você disse que eu mesmo o pegarei depois que você falar com o consulado em Teerã?"

Eu disse, "Claro, eu vou..." Pantea ficou feliz com a atualização.

Ela entendeu mal ter de ir à embaixada de Teerã sozinha. Naquela noite, ela estava tão sonolenta que às 21h30 Pantea estava dormindo profundamente. Odiava deixá-la, mas fui à cafeteria do hotel, jantei um pouco e fui para casa. Quando voltei para casa, coloquei na geladeira o saco de nozes que ela trouxe do Irã.

Quando eu disse a ela no dia seguinte que eu fui jantar ela disse, "Você não queria comer, então eu fui dormir."

No dia seguinte, encontrei-me com Pantea às 17H00, depois da sessão do tribunal, e a caminho, parei no gabinete da FRRO para conseguir a sua renovação de vistos. Disseram-me que tinham marcado o seu pedido de inquérito. A notícia me aborreceu, mas eu a informei por telefone imediatamente. "Comecei o processo para resolver isso. Estou a caminho, estarei lá às 17h40." Fizemos amor e dormimos um pouco.

Depois que acordamos, era hora de diversão na cidade. Então, fomos para o clube de Hong Kong jantar no Hotel Andaz, exatamente em frente ao Marriott. Ela ficou um pouco tensa depois de ouvir sobre o inquérito. Ela teria que vir à minha casa como em todos os anos anteriores, o que a fez relutante.

A comida do Clube de Hong Kong não nos agradava, e fiz o melhor que pude para acalmá-la. "Eu sou seu guarda-chuva e nunca deixarei você se molhar e resolverei o inquérito no escritório da FRRO. Eu mesmo te levarei."

Ela pegou minhas palavras amáveis e nos próximos dias, Pantea mudou meu nome de herói para seu guarda-chuva. Saímos do restaurante, e a vi de volta ao hotel e fui para casa durante a noite.

No dia seguinte, terça-feira, tive novamente um tribunal, que terminou às 16H00, depois fui à FRRO para descobrir como poderia ser feito no seu gabinete. Eu tenho um compromisso no dia seguinte às 2:30. Eles preencheriam a papelada no escritório.

Liguei e avisei Pantea da nomeação. Ela se sentia feliz porque não era obrigada a vir à minha casa. Eu disse, "Eu tenho que ir para algumas condolências e encontrar alguém no aeroporto. Quando eu terminar, eu virei te ver."

Ela era muito flexível e nunca choraria. "Podemos jantar no Restaurante Sorrento no Hotel Shangri-la." Cheguei às 20h.

Levei os óculos Pilsner de casa, pois nunca gostei de cerveja sem um copo adequado. Partimos para Sorrento Restaurant depois que tomei cerveja. Foi a primeira vez que estivemos lá juntos. Eu já estive lá uma vez com a minha família.

Ela comentou, "A comida é maravilhosa, nós deveríamos voltar."

Eu sabia que a questão do visto a tinha preocupado. Enquanto estávamos fora, o Serviço Doméstico tinha tomado os óculos dos pilotos, então eu liguei para a mesa para trazer os meus óculos de volta. Eles me informaram que um copo havia sido quebrado durante a lavagem.

No dia seguinte, fiz a verificação dela no escritório da FRRO como um caso especial para a renovação do seu visto. Pantea estava no salão, e enquanto ia ao seu quarto através do corredor, ela viu um dos meus óculos. Ela pegou o vidro e o trouxe para a sala. Ela estava tão preocupada. Adorava seus pequenos atos de gentileza. Ela era uma garota inacreditável.

Ela teve que sair naquela noite para Mumbai, mas foi a primeira vez que eu não lhe dei uma moeda de ouro, como eu só tinha uma. Eu tinha em mente que lhe dava uma moeda de ouro de 100 gm depois de lhe dever 10 e agora não 5 gm mas 10 gm por dia. Ela nunca poderia me entender, minha mente, ou meu cérebro durante esses seis anos.

Pantea sabia que eu estava tendo algumas batalhas legais com minha irmã, embora minha irmã fosse uma fraude e tivesse me dito para parar de pagar dinheiro para minha irmã. Ela estava sempre perguntando se eu resolvi isso, mas ela, uma e outra vez, insistiu que desta vez eu deveria baixar o pé e ensinar-lhe uma lição. Eu tinha concordado e pensava o mesmo que pôr fim a toda a situação com a minha irmã trapaceira. Eu disse a Pantea que viria no dia 2 de outubro de 2018 e estaria lá por uma semana. Pantea fez planos para visitar Teerã novamente, especialmente para a sua operação buceta, que ela queria ser apertada, embora, segundo mim, não fosse necessária. Mas isso permaneceu um segredo, então talvez ela tenha feito isso para evitar que ela engravidasse.

A viagem envolveu sair no dia 6 de Delhi e me encontrar por dois dias. Ela respondeu, "Mas se você vier, então eu irei de Mumbai no dia 6 de outubro."

Sempre que escrevia uma pequena nota de amor, Pantea levava-a com ela, o que sempre notei. Significava muito que ela guardava as minhas notas. significava que ela tinha sentimentos por mim. Eu sabia que esses sentimentos vinham do coração dela. No dia seguinte, notei que não havia resposta à nota e pensei que ela talvez não a tenha lido desde que estava no seu período. Então, depois de dois dias antes de ir para casa, eu escrevi no mesmo texto: "Algumas palavras de você poderiam ter me ajudado a sobreviver."

Seguiram-se um ponto de interrogação. Mas no dia seguinte não houve resposta. Parecia que ela ainda não estava pensando em mais fotos comigo e sem mais notas para mim, nem dizendo que eu te amo. E por que não?

Pantea tinha razão em que eu tinha feito errado enviando algumas das nossas fotos e mensagens para o seu chamado namorado Misa. Ele permaneceu um mistério: qual era a sua verdadeira relação com ele? Ele era o namorado dela? Ele estava transando com ela? Ela era a única que sabia a verdade e nunca me contaria, embora eu acreditasse no que ela disse como eu não tinha escolha desde que a amava do meu coração. Pantea saiu em 26 de setembro de 2018 para Mumbai após a verificação do seu visto.

Curiosamente, quando saímos da suíte, eu disse, "Eu só quero verificar se algo foi deixado para trás."

Ela ficou do lado de fora e eu entrei para pegar meu bilhete porque ela não havia respondido. Vi que a minha nota não estava lá, por isso significava que ela a tinha colocado na bolsa e que mostrava que ela ainda tinha sentimentos por mim em algum lugar do coração.

O visto de Pantea deveria ser emitido no dia seguinte, mas como alguns oficiais estavam ocupados, não foi emitido durante alguns dias. O visto dela só veio no dia 1 de outubro, embora eu tenha seguido atentamente. Tive de cancelar o programa do meu trabalho para tratar da questão do visto. Porque não fazia sentido eu ir como se não fosse, ela não seria capaz de ir ao Irã.

Durante esse tempo, Krystia continuou me enviando mensagens querendo me encontrar. Eu continuei dando desculpas. O visto de Pantea não veio no dia 3 de outubro e eu tive que cancelar meu voo, reprogramando para o dia 4. Por último, a mensagem relativa aos vistos veio naquela tarde, mas algo correu mal com o banco e eu não pude pagar a taxa de visto do gabinete. Eu liguei para Pantea e expliquei para ela, mas ela sempre ficou zangada, impaciente, e sempre entrou em pânico, que era sua natureza típica. Fui pessoalmente ao gabinete da FRRO para resolver o problema e, de alguma forma, consegui pagar a taxa de visto. Foi finalmente emitido às 17h30 e recebi a cópia em papel na minha mão. Enviei uma foto do WhatsApp e ela se acalmou.

Quando eu finalmente falei com ela, ela pegou um resfriado. Eu disse a ela, "Eu virei já que você não está bem."

Mas como Pantea era uma menina muito teimosa, o que quer que ela decidisse em sua mente, ela faria isso acontecer. Decidimos que viria no dia seguinte e tomaria o voo para os dias 6 e $7°$. Então, não adiantava discutir, reservei seu bilhete de avião e reservei o voo de Teerã como seu desejo de ser seu herói. Por isso, deixou-me ser o super-homem de Krystia, como ela queria encontrar-me no dia 6, mas continuei a fazer desculpas. Eu não queria deixar Krystia, porque isso teria machucado seus sentimentos.

Pantea veio em 5 de outubro, mas notei que sua juventude tinha desaparecido devido ao incidente em março. Podia ser vista pelo rosto dela, mas ela era boa demais em fazer amor e eu decidi trazer sua juventude de volta. Fizemos amor por volta das 17h e depois fomos ao restaurante italiano Sorrento outra vez para jantar desde que ela gostava da comida lá. Era um restaurante caro, e pegamos um carro de hotel. Ela sempre me chamou de Casanova, pois tínhamos atravessado caminhos quando eu estava com Krystia em Mumbai. No entanto, Pantea não diria que te amo, pois ela ainda estava relutante em tirar fotos comigo. Não me incomodou. essas fotos não eram importantes. Embora eu estivesse perdendo as palavras do amor.

Quando estávamos no restaurante, tentei perguntar-lhe algo, mas ela estava a evitar o assunto. Depois que saímos do restaurante, perguntei novamente se ela seria a autora dos meus livros. "Posso escrevê-los como narrados por você para mim?"

Ela recusou descaradamente. "Não me envolva com sua família e eu não quero ser autor." Então, decidi escrever meus livros sobre nossa relação. A recusa dela fez-me repensar o meu plano. Ela sempre partiria o meu coração no que eu queria fazer em seu nome.

Então perguntei, "Que nome de autor devo usar?"

Ela imediatamente respondeu, "Alborz..."

Alborz nasceu. Mas mais tarde, quando sugeri este nome à Lizzy, minha querida editora, ela disse para encontrar um sobrenome também. Agora, o sobrenome será encontrado no quarto livro da Série Raha.

Capítulo Trinta E Um:

Pantea Era Inacreditável Em Fazer Amor

Pantea é um parceiro incrível em todos os sentidos, incluindo fazer amor. Ela sempre levou seu tempo. não importa quantas vezes ela tentou me dizer que não acreditava no amor, sempre que fizemos amor era incrível. Uma noite, depois de fazermos amor, ela perguntou que tipo de remédio eu tomava para sexo. Na verdade, nunca tomei nenhum remédio.

Pantea continuou, "Como você pode continuar fazendo sexo por tanto tempo?"

Eu disse, "Eu não vou tomar nada, mas é só que se for em seis horas então eu levo mais tempo desde que estou envelhecendo."

Ela disse, "Estou preocupado. Eu não quero que nada lhe aconteça. Veja, um ator famoso na Itália morreu enquanto fazia sexo. Eu quero que você esteja sempre em boa saúde, porque alguns medicamentos que as pessoas tomam para causar câncer sexual. Evite tomar medicamentos para o sexo."

Surpreendeu-me que ela achasse que eu estava me comportando bem mesmo quando eu tinha 65 anos. Estava pensando, *não preciso tomar nenhum remédio, Pantea. Eu te amo. você faz meu pênis ficar de pé com um beijo. E ao morder os meus mamilos você me cobra completamente.*

Eu poderia me comportar bem com Pantea, pois ela me mantinha entusiasmada com a vida. Não importava. mesmo falando ao telefone, o meu ficaria em pé. Às vezes, eu me excitava com uma pequena mensagem boa. Ela nunca entendeu verdadeiramente o amor por ela no meu coração.

No dia seguinte, quando nos conhecemos, tinha todos os itens dela para viajar. Dei-lhe a troca do euro por dinheiro de bolso, uma cópia colorida do seu visto, bilhete de avião, etc. Ela disse, "Eu te incomodava. Eu sei que você teve que trabalhar duro."

Eu disse, "Não, estas são coisas muito pequenas." Eu faria coisas muito maiores para Pantea. Então ela disse, "Não me diga mais tarde, que eu fiz tudo por você, etc., etc.. Você disse, eu cometi um erro em vir ao Irã para conseguir um visto para você."

Eu respondi, "Quando eu disse isso? Escrevi isto?"

"Não, quando estávamos lutando, você disse."

Mas eu não me lembrava. Eu disse, "Diga-me o que eu disse."

Então ela começou a continuar... Eu continuei rindo e a fiz sorrir também às vezes. Ela disse, "Então, eu te disse para vir ao Irã? Você veio sozinho." Pantea continuou, "Se eu esperar algo de você, eu vou te dizer. Se você espera alguma coisa de mim então me diga. Você já me disse para não fazer nada? Então como você pode se opor? Se você me disser para não fazer tal coisa, se me convém então eu direi ok e se não fizer, eu direi tata bi. Você falou sobre Tanvin e Anahita: ele faz tudo por Anahita e ela mal o encontra por algumas horas em um mês, às vezes uma vez em seis meses. E se ela o encontrar, ela não passa mais de três horas."

Eu não comentei e fiquei escutando. Mas na minha mente, eu estava pensando que Tanvin tem dito a Anahita que ela pode estar com seu namorado, mas para mim e Pantea isso não é aceitável. Foi por isso que escrevi que não sou Tanvin. Mas se eu mencionasse alguma coisa, isso levaria a uma luta.

Nosso tempo deu certo, e no dia seguinte discutimos algumas coisas. Eu mencionei, "Você é uma garota muito difícil de se encontrar."

Ela explicou, "Eu lutei com você no dia 16 de maio e voltei a lutar com você para me pedir fotos no dia 10 de agosto, porque as duas vezes eu estava no período anterior." Mas então eu acho que me tornei muito flexível com você."

Ela disse ainda, "Meus pais dizem, eu começo a gritar por nada, mas digo a eles que não estou gritando. Estou a falar e eles também dizem que sou muito impaciente e não flexível."

Eu disse, "Você está certo."

Então ela disse, "Você acha que eu deveria ir a um psicólogo?"

Eu disse, "Não, você não é obrigado a ir lá, está em seu caráter e natureza. Você viveu sozinho nos últimos dez anos e está acostumado aos seus modos. Para você, suas decisões e opiniões são firmes."

Pantea começou a criticar sua amiga, "Milin me disse que quer ter um filho. Ela pensa que quando se entediar e tem de sair, pode deixar a criança comigo. Eu disse a ela que não posso fazer isso, não é o seu cachorro que pode ser deixado em casa."

Então eu disse, "Eu não entendo por que ela está se casando."

"Ela quer fazer isso. Ela e Anahita são normais, eles querem se casar, eu sou anormal porque eu não quero me casar. Mulheres de todo o mundo querem se casar. Eu estava lendo sobre isso na internet."

Eu pensava que sempre que dizia alguma coisa, Pantea gostava de dizer o contrário. Foi uma mudança nos últimos cinco meses desde a nossa luta. Na verdade, depois do episódio em EU O FIZ, Pantea mudou... Ela tinha pensamentos diferentes sobre mim. Eu a comparei várias vezes com Krystia porque agora eu estava em dois barcos.

Enquanto estávamos juntos, recebi uma ligação do meu amigo oficial. "Mohammad vem dizendo há muito tempo que não encontramos ninguém. Eu não tenho ninguém para ele, nem você conhece ninguém agora." Nós não conhecíamos ninguém para pegar garotas, pois estávamos fora de contato.

Ela disse, "Por quê? Você tem conexões com algumas garotas. Todas as dançarinas estavam fazendo essas coisas."

Ela provavelmente quis dizer Krystia como ela nos viu juntos. Pantea estava errada. Na verdade, eu não tinha mais conexões. A história da Anassia era diferente e a Krystia não era uma rapariga que fosse foder homens diferentes. Pantea partiu para Teerã no dia 7 de outubro, como planejado.

Krystia continuou a me pressionar sobre a reunião, mas eu não a encontrei nas últimas cinco semanas. Eu a evitei por vários dias com mentiras diferentes. Ela esteve na Índia desde o dia 1 de setembro e eu não a encontrei. Ou as mensagens eram, devemos nos encontrar, estou perdendo você, ou eu te amo. Temos de nos encontrar hoje. Por último, concordei em encontrá-la no dia 10 de outubro, no Hotel Taj Mahal.

A caminho de conhecê-la, estava pensando, como posso enfrentá-la? Então, a caminho, uma mensagem veio de Pantea. "Sinto sua falta." Fui imediatamente despertado. fez uma noite com Krystia bem-sucedida. Pantea era uma garota mágica para mim na minha vida. Foi tudo porque eu amava Pantea do coração.

Krystia e eu estivemos juntos por um curto tempo, enquanto ela tirava folga de seus shows. Ela parecia legal e trouxe uma caneca de cerveja na Ucrânia e duas grandes garrafas de cerveja de trigo. Ela sabia que eu adorava tomar cerveja. Ela não conseguia entender que eu gostava de um copo de Pilsner e de uma cerveja Pilsner/Lager, no entanto, para evitar quebrar seu coração, eu tomei uma cerveja.

Desde que menti para ela sobre estar na China por duas semanas e Pequim, ela me pediu para trazer perfume de doce Prada. Pedi a um vendedor que arranjasse, mas esqueci-me de o perseguir. Depois que cheguei à suíte com Krystia, liguei para arrumá-la para que meu homem pudesse trazer o perfume no dia seguinte antes de me esquecer de novo.

De qualquer forma, fizemos sexo, se você pode chamá-lo assim. Ela trouxe uma toalha e a guardou na cama. Eu disse, "Por que...?"

Ela disse, "Problemas femininos." Era o dia do pico dela. Ela me deu um preservativo, como eu tinha comprado alguns e lhe dado um pacote para trazer para nossas reuniões. Nós pedimos um pouco de comida na sala e eu tomei minha cerveja, que eu sempre trouxe comigo.

Eu não sei o que eu estava fazendo. Por que eu estava fazendo isso? Eu tinha minha Pantea de volta na minha vida, mas Krystia tinha me comprometido e eu estava comprometido com essa relação. A situação começou quando eu tinha certeza de que Pantea nunca voltaria a mim. Eu estava em dois barcos agora e não podia continuar assim por mais tempo. Eu era um homem solteiro além de Rozhan. Pantea era o melhor e mais ninguém.

Estava na mesma situação que Pantea quando lhe escrevi uma nota e cometi um erro. Deus estava me punindo pelas minhas ações. Eu tive que me aproximar apenas de Pantea. Eu vi alguns diamantes no anel do Krystia que eu tinha dado a ela no dia 21 de abril terem caído. Então, tirei dela para consertá-lo. Partimos após duas horas. foi muito rápido, mas eu queria sair rápido. Krystia queria que eu a levasse para a Tailândia ou fora de Delhi para Mumbai. Eu disse, "Ok, eu vou a Mumbai e te darei um encontro amanhã."

Capítulo Trinta E Dois:

Papel de Rupali

Rupali e eu estivemos em contato recentemente. Ela trabalhou comigo. Ela estava me aconselhando e queria discutir comigo pessoalmente. Como não pude ir a Mumbai nos últimos meses por causa da minha situação com Pantea, não pude me encontrar com ela. Uma vez que as minhas nomeações de trabalho foram adiadas várias vezes à espera do visto de Pantea, não foi possível adiá-lo. Arrumei 13 de outubro de 2018 às 14 horas e às 15 horas. Rupali veio me encontrar às 17h.

Enviei uma mensagem a Krystia, "Eu vou a Mumbai no dia 13, sábado, se você quiser vir?"

"Não posso vir, pois meu contrato não me permitirá ir embora." Eu fiquei internamente feliz por ela não ter vindo. Agora, eu voltaria no mesmo dia no último voo. Pensei que Rupali discutisse o trabalho dela por cerca de duas horas e eu estaria livre às 19h, então reservei meu voo para Delhi pelas 22h15. Pantea era a única pessoa que eu teria ficado para me encontrar.

Um dia antes do meu voo no dia 13 de outubro, Krystia escreveu: "Querida... amanhã não tenho trabalho. Minha agenda mudou." Então, Krystia queria voar comigo. "É possível que eu venha com você?"

Fiquei furioso, "O que é isso?" Eu não poderia continuar assim. "Vê o que me fizeste?"

Krystia disse novamente, "Você ainda quer que eu vá com você para Mumbai amanhã??"

Foi irritante com Krystia. Mas nunca me irritei com Pantea. Ela era a única que me faria mudar meus planos. Havia uma grande diferença entre Pantea e Krystia.

Eu disse, "Eu reservei para voltar no domingo pensando que você poderia vir, mas esta tarde você disse que não pode vir. Então, mudei meu voo para voltar amanhã e avisei minha família de que voltarei amanhã." Eu disse angustiadamente, "Agora você diz que pode vir. É impossível mudar agora, por isso esqueça. Outra hora em outro lugar. Você não pode fazer planos espontâneos comigo."

"Desculpe, por favor..." Krystia continuou, "Mas não vejo nada de errado com isso. Minha agenda mudou, eles me contaram agora e eu imediatamente lhe escrevi sobre isso."

Eu disse, "De qualquer forma, não importa. Eu não consigo lidar assim, desculpe. Cuide do seu trabalho, por favor. Eu entendo seu problema, mas você entende meu problema."

Ela disse, "Estou chateado..."

Eu respondi, "Eu também estou chateado, mas você estava uma hora atrasado. Eu ainda esperei por você e mudei meu voo às 19h."

Ela disse, "Você poderia perguntar de novo. Não importa agora, voe sozinho."

Eu disse, "Sim, não há saída."

Krystia disse, "Ok, da próxima vez."

Na verdade, eu estava feliz em ir sozinho. Uma viagem com ela não valeu a pena. Se fosse Pantea, eu nunca teria me comportado assim. Não sei por que... Eu a amava tanto... mas ela era boa demais e uma garota legal. Eu faria qualquer coisa pela Pantea. Além disso, Pantea nunca teria tolerado um comportamento tão rude de mim.

Pantea havia enviado mensagens durante nossa conversa pedindo que eu ligasse. Então, liguei imediatamente. Ela perguntou, "Que trabalho você tem em Mumbai?"

Eu respondi, "Vou esta tarde de sábado e voltarei no voo das 22h15. Não há razão para ficar sem a minha rainha."

Ela disse, "Não faça drama." Fiquei em silêncio como sempre. Ela explicou mais tarde que eram seus dias pré-menstruais, "Então, aguente comigo..."

Eu respondi, "Eu sei que esses são os dias de pré-período."

Ela me disse, "Então Alborz Ji..." Ela disse Ji como Rupali costumava dizer, "Alborz Ji." Ela pode ter tido a sensação de que posso encontrá-la ou alguém em Mumbai.

Então Pantea disse, "O que devo trazer de vocês daqui, meu Akka?"

Costumava dizer o que mais posso fazer por você, meu Akka, como me chamava Pantea de Jaiadu (isso significava que eu era Alladin Ka chirag para ela, que poderia fazer qualquer coisa por ela, mesmo que fosse impossível). Então, ela disse, "Meu Akka" para mim amavelmente. Ela me fez esquecer todos os meus problemas.

Rupali e eu éramos bons amigos e falávamos sobre tudo o que estava acontecendo, mas agora nos encontrávamos depois de dois anos e meio. Eu não encontrei Rupali por muito tempo, porque eu não gostei do conselho que Rupali deu no início de 2016. Depois, nos reunimos depois de três anos para discutir a queixa do caso Pantea que me foi enviada por alguém. Ela aconselhou que eu deixasse isso ir como estava indo. Ela pode ter se apaixonado pelo Dr. Shesha, mas eu ainda escrevi um bilhete para Pantea. Esta nota a tinha aborrecido, mas tive que anotar meus pensamentos e abrir meu coração para Pantea. Se tal decisão de escrever uma nota era boa ou não, eu não me importava, mas queria dizer a Pantea como me sentia sobre tudo. Apesar disso, nunca informei Pantea de como a protegia de todos os lados. Esta história é contada no primeiro livro da série Raha QUEM O FEZ.

Sei que Pantea não gostou da nota escrita, mas pelo menos arrisquei-me a avisá-la dos meus sentimentos. Desta vez quando Rupali e eu nos conhecemos, como sempre, ela não era atraente para mim. Falamos sobre seus problemas com Karti e Suni, e que Suni tinha comido todo o dinheiro dado por Karti. Ela tomou todos os tipos de conselhos sobre como lidar com suas declarações de impostos e seus problemas de propriedade absoluta. Isso me fez falar com Karti para um conselho sobre outro problema plano.

Eu disse a Rupali, "Tudo o que fiz duvidando do caso de Pantea com Misa está no segundo livro da série Raha EU O FIZ. Ela não gostou do que eu fiz, mas eu me justifiquei. O meu pensamento foi que sem fazê-lo, eu não seria capaz de continuar com Pantea. Eu queria saber a profundidade do que aconteceu entre Pantea e Misa, as coisas que eles só sabiam." O conselho de Rupali não foi bom para mim, como sempre aconselharia a favor de Pantea. Falei sobre Krystia e ela disse que eu deveria ficar longe de Krystia.

"Você precisa dizer a verdade a Krystia." Foi o mesmo que antes; ela não gostava que eu conhecesse Seema no período de trânsito com a Afree. Da mesma forma, ela não gostou da Liya por ter que lidar comigo para proteger Pantea de Afree.

Agora ela começou sua própria história. Depois de ter bebido meia garrafa de vinho muito fino que eu trouxe, ela me disse mais tarde, depois de se divertir tanto, ela tinha desistido de beber. Depois, ela estava com fome, pois já eram 20h e eu tive que partir às 21h para o voo, enquanto eu ficava no JW Marriott Sahar a apenas 5 minutos do aeroporto. Então, fomos fazer lanches rápidos no salão com óculos cheios. Depois que voltamos com nossos lanches, Rupali me disse que ela e Karti não faziam sexo por vários anos e ela estava me olhando. Ela se aproximou e me disse que não fumava comigo. Não reagi. Nós nos levantamos para seguir em frente, mas então eu a beijei por cerca de cinco minutos.

Estava ficando tarde, e isso não poderia continuar. Os meus sentimentos tornaram-se muito claros: Não queria ter nada a ver com Rupali. Eu amo Pantea. Eu disse a ela, "Você pede seu Uber e me deixa no caminho."

Eu corri para dar uma olhada. Ela não conseguiu um Uber, então peguei um táxi azul que me deixaria no aeroporto e a levaria para casa. Agora ela disse, "Não deixe isso entre nós vamos nos encontrar."

Eu disse, "Ok, você vem a Delhi e eu te encontrarei uma vez por semana." Eu disse isso apressadamente enquanto saía no aeroporto. Eu não tinha me comprometido com nada, mas então ela me lembrou de deixar Krystia. Ao lado de explicar, Pantea estava de volta na minha vida.

No voo, enviei uma mensagem, "Krystia... Decidi não te conhecer mais. Sinto muito por isso, mas por várias razões não estamos nos encontrando. Por favor, me perdoe."

Krystia respondeu, "Estou no trabalho agora, mas por que razão não nos encontramos mais?"

"Tenho muitas razões para lamentar."

Krystia perguntou novamente, "O que aconteceu?? Diga-me!"

"Eu te contarei amanhã."

Krystia disse, "Ok amor, eu te amo muito, confiei em você, não quero perdê-lo, quero passar mais tempo com você. Não me machuque, por favor. Senti muito a sua falta na Ucrânia, você está no meu coração."

O meu pensamento foi como tirar Rupali da minha vida também. Ela enviou uma mensagem depois de dois dias, "Quero conhecê-lo."

Eu liguei, "Você precisa fazer seu trabalho pendente com Karti e Suni, e então nós devemos nos encontrar."

Ela concordou. "Karti sai da cidade para trabalhar alguns dias, então eu virei. Estou muito excitado desde o seu suco e temos de nos encontrar imediatamente."

Agora eu estava em uma ligação. "Ok, quando Karti sair da cidade me avise..."

Por outro lado, Krystia estava me empurrando enviando mensagens no mesmo dia. "Você não quer se encontrar?"

Eu disse, "Tenho algumas razões, estou ocupado com o trabalho agora. Vou te mandar em dois dias."

Krystia disse, "Que razões? Diga-me. E o meu anel?"

"Está sendo consertado..." Eu confirmei.

Krystia disse, "Você vai me dar, sim?"

Eu disse, "Sim, sim."

Fiquei chateado que ela estava mais preocupada com seu anel, como se eu não o devolvesse. Se fosse Pantea, não se teria incomodado em perguntar, pois Pantea era uma joia de menina.

Rupali enviou uma mensagem, "Karti está indo para Rajkot na manhã do dia $17°$, e eu posso ir até o voo das 2:30. Voltarei no voo das 13:00 no dia seguinte."

A situação piorou... Eu estava traindo Pantea, mas tudo isso aconteceu por causa de Pantea. De qualquer forma, reservei os voos da Rupali. Eu tive que buscá-la no aeroporto.

Pantea escreveu no mesmo dia, "Herói da Manhã, como você está?"

Eu disse, "Estou bem hoje... ashtami e kanjaks também."

Pantea perguntou, "Você pode por favor mudar meu voo para a 26ª sexta-feira de Teerã para Deli?"

Eu disse, "Querida, porque não sábado, ou seja, 27º se estiver bem contigo?"

Ela disse, "Não, eu quero ir a Teerã um dia antes e conhecer o meu médico, então se meu ingresso é sábado, eu não posso ir sexta-feira como feriado. Qual é o seu problema? Sexta é mesmo um dia antes..."

Eu disse, "Sim, querida, eu só estava perguntando. Não tenho problema. Seu ingresso na sexta-feira já está reservado, só lhe pedi para que não pedisse novamente para mudar no sábado. Você já tem no seu correio para sexta-feira." Ela disse obrigado.

Capítulo Trinta E Três:

Não Se Preocupe Com O Que Seu Parceiro Está Preparando

Eu peguei Rupali do aeroporto e fui ao hotel, mas ela parecia um Behenji (típica garota irmã indiana). Eu sempre tive um gosto exclusivo de olhar para uma mulher. Ela deve ser uma mulher sofisticada, elegante, atraente e feroz. Pantea e Rozhan foram os dois únicos que se encaixavam nessa categoria.

Já que eu tinha contado a Rupali sobre Liya quando ela aterrissou em Deli, eu tinha pensamentos sobre como fugir e como escapar do meu erro de chamá-la a Delhi.

Quando ela me conheceu, lembrando essas palavras, ela disse, "Agora novamente você deve pensar do mesmo jeito, oh, quem eu liguei e como fugir?"

Era verdade, mas não podia dizer nada, uma vez que o meu decreto não me permitia dizer nada. Na verdade, Rupali era uma boa menina, mas como minha mente e amor eram apenas em relação a Pantea, eu estava criticando todas as garotas que conheci nesses cinco meses de separação de Pantea.

Chegamos à suíte. Discutimos algumas coisas e nessa altura já eram 6.30 e eu abri o vinho. Eu pedi um abridor de garrafa de vinho, e o mordomo se ofereceu para abri-la. "Não, obrigado, eu gosto de fazer isso sozinho." Deixei-o esperar lá fora.

Bem, a cortiça estava extremamente seca e se separando, então pedi ao mordomo para abrir a garrafa. Ele pegou a garrafa e ligou do restaurante para dizer que a cortiça quebrava e entrava no vinho, mas eles cultivavam o vinho e o colocavam em um decantador na nossa frente na sala. Foi apreciado e eu derramei vinho para Rupali. Ela tomou alguns gibes, mas me disse que estava obsoleto.

Eu disse, "Você preferiria uísque?" Fomos ao salão. Eu tomei minha cerveja no meu copo e pedi o uísque Glenfiddich. Em vez disso, trouxeram um pequeno pino, por isso pedi-lhes que trouxessem um pino grande. Eu perguntei, "Qual você adicionou?"

Ele disse, "Ballentine."

Rupali reclamou que não gostava. Ela disse, "Eu sou infeliz com o sabor da bebida. Tenho certeza de que este é uísque indiano, não uísque escocês."

Então, voltamos à suíte, e Rupali tomou banho. Então ela saiu usando um vestido azul sujo. Eu não gostei. Ela perguntou, "Como está isso?"

Não pude apreciar o vestido porque era horrível, mas parecia que ela tinha trazido o melhor que tinha. Ela enviou fotos de si mesma no vestido para seus quatro amigos e procurou comentários. A AI achou que parecia uma camisola. Recebeu diferentes comentários, e pareceu-me que o meu comentário era horrível. Eu tinha me transformado em roupas confortáveis, shorts e camiseta, já que eu estava acostumado a ficar com Pantea, pois ela sempre se deixava confortável e me transformava em roupas casuais. Toda vez, a cada momento, Pantea vinha à mente, e eu sentia falta dela e queria que ela voltasse. Eu não queria brincar com nenhuma outra garota.

Então encontrei uma miniatura de Glenfiddich Scotch na geladeira. "Rupali, isto seria bom?"

Finalmente, estava tudo bem, e liguei para a manutenção de casa para trazer mais três miniaturas de Glenfiddich. Ela tinha três, e eu tinha cinco cervejas quando era 22h30. Ela só ficou no humor depois de beber, caso contrário não estava preparada para fazer sexo. Ela tentou, mas eu não estava interessado e me sentia culpado por trair

Pantea, e eu contei a Rupali sobre isso. Em vez disso, ofereci-me para ir ao Hotel Shangri-la. Eles têm um bom bar chamado Graffy e um bom assento ao ar livre como o tempo era agradável. Eu não queria dirigir, então pegamos um hotel BMW e levamos conosco uma cerveja e uma miniatura de Glenfiddich. Pantea nunca bebia comigo no carro, mas bebia minha cerveja sozinha. Pantea era sofisticada demais, uma garota rica com quem se encontrar, rica em tudo na vida, você o chama e ela a tinha em si mesma, nenhuma palavra é suficiente para ela.

Chegamos ao Graffy, um lugar agradável, uma música encantadora, e ela pediu um uísque grande e uma cerveja para mim. Era por volta das 12h30 quando pedimos comida. Ela ficou feliz que eu a trouxe a um restaurante e enviou fotos de estar lá para seus poucos amigos. Rupali estava se divertindo, pois não podia ir a restaurantes com Karti. Voltamos ao nosso hotel às 13h, nós dois estávamos bêbados. Ela estava dormindo no carro. Em poucos minutos, ela adormeceu, roncando. Eu não estava acostumado com tudo isso, pois nunca vi Pantea roncando. Além disso, ela nunca dormiria sem fazer amor comigo a menos que lutássemos. Enfim, eu estava feliz em não fazer sexo. Rupali não estava interessada, mesmo que ela tivesse vindo até mim para satisfazer sua sede sexual. Como ela me disse, Karti não podia satisfazê-la sexualmente.

Eu estava com saudades de Pantea, o que me manteve acordado. Então, enviei uma mensagem ao Pantea, "Olá querida, como estás?"

Pantea respondeu, "Olá querida, eu estava num filme. E aí? Me ligue amanhã se puder."

Eu respondi, "Estou sentindo tantas saudades de você e tantas vezes quis ouvir sua voz, mas como você sabe eu seria relutante em chamá-la. Vou te ligar amanhã, meri Jaan (minha vida). Boa noite, meu doce shehzadi, estou com saudades de você. Eu não durmo bem quando você não está por perto."

Pantea gentilmente disse: "Boa noite. Estou ansioso para falar com você amanhã, ♡". Fiquei tão contente em comunicar com Pantea que adormeci.

De manhã, como sempre, eu desejava bekheir sóbrio a Pantea. Levantei-me às 7:30 da manhã, limpei o estômago e fui dormir de novo. Rupali se levantou por volta das 9 da manhã. Ela queria fazer alguma coisa comigo quando percebeu que tinha dormido na noite anterior. Mas fiz algumas desculpas porque não queria fazer sexo. "Estou com fome, e pedi café da manhã..."

Ela queria tomar uma bebida, para poder transar comigo. Eu perguntei, "Por que você precisa tomar uma bebida para sexo?"

Isso me deu uma péssima impressão sobre ela que essas garotas não podem fazer sexo sem uma bebida. Significava que eu era cliente, mas nunca lhe tinha dado um centavo. Eu me lembrei da Pantea dizendo que ela costumava tomar bebidas duras antes de ir a qualquer cliente. Pantea tinha expressado muitas vezes que era diferente comigo. Ela apreciou estar comigo e amou a relação.

Rupali fez sexo quatro vezes comigo nos últimos vinte anos, uma vez como cliente e depois de cinco anos e meio. Não fiz sexo com outra garota, exceto Pantea nos últimos cinco anos. Só quando ela me deixou tinha tentado outras garotas, mas todas eram um fracasso e não valiam a pena. A Krystia esteve lá porque eu estava à procura de outra namorada com 25 anos, pois tinha perdido a minha Pantea após 14 de março de 2018. Mas agora Pantea voltou à minha vida desde 10 de agosto, embora Pantea tivesse muitos sentimentos contra mim e ela não fosse mais a mesma. No entanto, não enquanto faz amor; ela sempre foi apaixonada por mim e ainda era a mesma a este respeito.

A minha pergunta e o debate que tive em mente foi que duvidei de Pantea com Misa, embora se tenha revelado errado. Novamente, parei para perguntar, o que estou fazendo? Mas então Pantea disse que pode fazer o que quiser. pode fazê-lo e pode não fazê-lo, não pode ficar vinculada. Ela não era casada comigo, eram suas palavras, mas então por que o casamento vem para um compromisso na vida.

É o mesmo para qualquer relação a longo prazo e por que motivo devemos incomodar-nos se algum parceiro faz ou não sexo fora? Aprendi isso e experimentei através de Pantea. Eu tinha me mudado. Mas, depois, cabe ao indivíduo fazer o que quer. Não devemos preocupar-nos com tais coisas na vida com o nosso parceiro. Se pensarmos nisso, vamos ser liberalizados e viver com essas crenças em vez de sermos conservadores.

Os meus pensamentos foram, porque haveria de fazer mais sexo com Krystia ou Rupali? Estava pairando em minha mente como meu amor era minha Pantea e ela estava de volta. De qualquer forma, Rupali tomou uma cerveja. Já eram 10h45, e tivemos de partir às 11h30. Ela tinha tomado um banho rápido, pois eu levaria 45 minutos para me preparar.

Eu disse, "Eu estou me sentindo culpado e não devo fazer isso com mais ninguém exceto Pantea."

Rupali disse, "Pelo menos um smooch?"

Eu o fiz, e depois tínhamos um cachorro. Tomei um banho rapidamente, e dirigimos até o aeroporto que estava a dez minutos de distância. Eu expliquei, "Estou me sentindo realmente culpada, estou fazendo a mesma coisa que Pantea fez comigo e fiz isso errado."

Ela disse, "Alborz, Pantea é uma menina muito moderna, ela não está comprometida com você. Pantea se apaixonará ou terá um caso com outro cara de novo."

Essas palavras realmente me incomodaram. Nunca ouvi nada contra Pantea de ninguém. Da mesma forma, nunca pude ouvir uma palavra de ninguém contra Rozhan, pois amava estas duas mulheres. Juro, os comentários dela me deixaram completamente fora e daqui pensei em nunca mais encontrar Rupali. Eu lutaria com qualquer um que falasse contra Rozhan, e para mim, Pantea não foi menos. Deixei Rupali no aeroporto com pensamentos para não encontrá-la novamente. Como éramos amigos por muito tempo, ela pode procurar qualquer conselho no telefone se precisar.

Rupali tinha deixado aquele vestido azul no quarto e me mandou uma mensagem que ela chamou de hotel. Eles estavam enviando o mensageiro para o endereço dela. Ela me mandou uma mensagem e enviou uma nota para o hotel também, mas eu não gostei da ideia do que ela fez desde então no hotel que sua identidade não foi dada. Eles nem sabiam quem ela era, e eles não saberiam sem o meu correio. Eu não respondi à mensagem dela.

Ela disse, "Eu entendo, vamos ser amigos. Como sempre, você não está interessado, eu sei disso agora."

Obviamente, eu não estava. Não respondi, mas depois de dois dias liguei para o hotel e enviei-lhes o endereço para lhe entregar o vestido. Não o fariam sem a minha confirmação, uma vez que o bilhete de identidade de Rupali não estava registrado. Mas por mais estúpida que ela fosse, ela me enviou uma mensagem, "Obrigado, eu liguei de novo e mandei outra mensagem."

Isso me deixou tão chateado. Não me acostumei a um comportamento como o de Pantea foi muito decente e dizer-me-ia sempre para o fazer. De qualquer forma, eu saí da vida de Rupali e Krystia, e estava apenas com Pantea. O meu terrível período terminou e os meus bons tempos viriam assim que Pantea voltasse do Irã.

Eu só queria Pantea. o meu amor era por ela sozinha. Se ela quisesse ter outro caso, deixe-a ter um até o momento em que estava comigo. Meus pensamentos ciumentos acabaram agora, que eu acreditava. Meu Pantea chegaria no dia 26 de outubro. Eu nunca tinha ficado tão feliz em ouvir essas palavras de ninguém. Minha única tarefa era como se livrar da Krystia sem machucá-la...

O resto da série RAHA, O QUE VAI VOLTA, foi escrita e completada durante a COVID-19, a III Guerra Mundial, que eu suponho que seja, como todos os países estão envolvidos nesta guerra. Pacientes são soldados, e pessoas que morreram são soldados corajosos que deram suas vidas durante esse período, o que ainda está acontecendo e a economia global está arruinada. Mas eu ainda estava apaixonado por minha Pantea e a questão que surgiu durante a COVID-19 é: VAI AMAR RUÍNA - A SEPARAÇÃO PANDÊMICA COVID-19, que são os próximos livros da série Raha a serem publicados em breve.

A vida é tão difícil às vezes. significa para você e não se importa com você. Pode ter um buraco no estômago durante dias ou semanas. Ninguém sabe, ninguém se importa. Pode doer sorrir por minutos ou horas, como se houvesse uma faca nas suas costas que não conseguíssemos alcançar. Ninguém sabe, ninguém se importa. Todos nós estivemos lá. As lágrimas silenciosas no seu estojo. O "o que agora" não é conhecido. O próximo momento não é conhecido. Café que fica frio em suas mãos porque você se sente desesperançoso demais para nem beber. Você se sente como uma tela em branco sem inspiração. Uma caneta sem tinta, uma pessoa sem coração. Apenas saindo. Você está em uma estrada baixa. É uma parte dele. Você sente que está se afogando sem voz. Segure sua esperança. Cuide da sua vida e durma um pouco. Recarregar e reiniciar. Respire e vá em frente. Acredite e comece. Somos humanos e vamos sarar. A vida é bela, então não se incomode com o que seu parceiro está aprontando. Deem liberdade ao vosso parceiro, não sejam possessivos do vosso parceiro, como tudo se magoa uns aos outros. Não importa quem é seu parceiro, seja casado ou em um relacionamento. Vivamos a vida da maneira que se quer, ou que seja uma estrada.

SÓ ESTEJA FELIZ E SORRIR.

Biografia Do Autor

Alborz Azar foi apelidado de herói por Pantea (Lana). A história é narrada por Alborz, que uma vez foi chamado de grande herói pela mulher que ama. No entanto, recusou-se a ser nomeada autora. Diante da situação, ela optou por evitar o envolvimento devido à família. Pantea chamaria Alborz Azar Casanova, Marco Polo, seu herói, Gulle Chirage Jadu, etc.

Azar enfrentou todas as situações em sua vida com confiança e acreditou na verdade. Os luxos na vida que ele adquiriu se deveram à sua dedicação ao sucesso nos negócios. Não foram herdados de qualquer legado familiar.

A luta para superar todas as suas dificuldades de persistência começou aos catorze anos, mas encontrou sua paixão pelo trabalho e pela dedicação o levou ao sucesso. No entanto, continua à espera de uma conclusão bem sucedida nas suas longas petições pelos seus direitos legais. Com o passar do tempo, seu primeiro amor foi sua esposa, Rozhan, continuou a ficar do seu lado. Depois disso, algumas garotas adoráveis cruzaram seu caminho. o mais importante foi Pantea ser o segundo amor.

O sonho de Azar de se tornar um empreendedor bem-sucedido começou na juventude. Seu esforço para conseguir um nome no mundo corporativo foi alcançado em certa medida, mas ele foi detido por alguns sujos rivais de negócios em falsas aquisições. Num futuro previsível, sua história de vida completa será escrita na esperança de que tocasse no coração de seus leitores. alborzazar.net

Outras obras do autor
Todos os livros disponíveis em 24 idiomas

- QUEM O FEZ
- EU O FIZ
- RESULTADO DE QUEM O FEZ E EU O FIZ
- QUE VAI VOLTA
- CURTO AMOROSAMENTE SEXY FAZER AMOR
- 8 MARAVILHOSO SEXY FAZER AMOR
- VAI AMAR RUÍNA - A SEPARAÇÃO PANDÊMICA COVID-19
- PRORROGAÇÃO DA EXAUSÃO EMOCIONAL -COVID 19

- OS NOSSOS DESEJOS DESAPARECERÃO DURANTE A COVID
- 22 JIBY SEXY FAZER AMOR
- NA TRANSIÇÃO INCERTEZA DURANTE A GUERRA FRIA POR PARTE DA CHINA
- NOSSO DESEJO DE VIVER SOZINHO
- SOBREVIVÊNCIA SEM-FRUTO SEM RAHA
- 15 SEXY FAZER AMOR FERIADOS
- SEGUNDA ONDA DA COVID-19
- INCRÍVEL SEXY FAZER AMOR
- RESULTADO SUPREMO DO AMOR
- DESFRUTOU DA LIBERDADE ESTANDO SOZINHO
- VERIDICALIDADE SOBRE A SÉRIE RAHA

CPSIA information can be obtained
at www.ICGtesting.com
Printed in the USA
BVHW041755110621
609275BV00012B/72

9 781648 730689